JN318756

文庫書下ろし

黒い羽

誉《ほん》田《だ》哲也

光　文　社

この作品は書下ろしです。

目次

序章　一月二十二日土曜日

くもった車窓を掌《てのひら》で拭《ぬぐ》う。

見えるのは薄暗い、斜めに傾《かし》いだ雪景色――。

典子《のりこ》はスキーをしたことがない。もちろんスノーボードもない。それどころか友達と旅行をしたことも、恋人と二人で朝を迎えたこともない。他人と宿を共にする、それができない。肩の後ろに背負った「黒い瑕《きず》」が、それをさせない。

東京に生まれ、東京に育ち、高校の修学旅行もずる休みした典子は、本格的な雪景色を今、初めて眺めている。

灰色の空。まだ昼過ぎだというのに、信じられないほど暗い左右の林。たぶん、杉林。そしてその圧倒的な質量で、脆弱な人間など押し潰してしまわんばかりの雪、雪、雪。今も進行方向から吹きつけ、押し寄せるそれは、まるで引き返すなら今のうちだと恫喝するかのようだ。

を考えている。

今ここで放り出されたら、置き去りにされたら。さっきから典子は、そんなことばかり

最後に見た人里はもう遥か背後に遠い。白い闇と吹雪の彼方、とても典子の足でたどり着ける距離ではない。道は右に左に折り返しながら山を登る。もはや自分がどの方角からきたのかも分からない。果たして、ここまでに分かれ道はあっただろうか、なかっただろうか。もっと、ちゃんと見ていればよかったと後悔する。

そんな典子がこの旅への参加を決意したのは、その目的が他でもない「治療」だからだ。

幼い頃から右肩、肩甲骨《けんこうこつ》の上辺りにあり続け、中学、高校と進むに連れてその色を濃くしてきた痣《あざ》、あるいは瑕。今それは、まるで生えていたはずの「黒い羽」をもぎとった痕のように見える。

激しい痒みがある。典子はそれをずっと我慢しながら暮らしてきた。掻《か》き毟《むし》れば気持ちはいい。だが傷つき、出血し、治る頃には色が濃くなり、広がり、硬さを増す。その硬くなった皮膚の奥はさらなる痒みを孕《はら》み、激しく疼《うず》く。掻き続ければその硬い皮膚は再び破け、出血し、色はさらに濃くなり、広がり、また一段と硬くなる。その様が自分でも恐ろしく、幼い典子は親に注意されるまでもなく、自ら耐え忍ぶ術《すべ》を身につけたものだ。

だが、起きているときは我慢できても、寝ている間までそうはできない。無意識に掻き

夥《おびただ》り、シーツを血で濡らしたのも一度や二度ではない。通った病院は数十にのぼるが、どこも決定的な治療方法を持ち合わせてはいなかった。医学の西洋、東洋を問わず、院の大小、国立、私立を問わず、いいという評判を耳にすれば、どんなに遠い場所でも通った。しかし、一時的な快方に向かうことはあっても、患部が他の部位と同じ肌色に戻ることはなかった。

去年の春、典子は四年制の私立大学を卒業し、社会人になった。外を歩く営業のような仕事は避けて就職活動をし、決まったのは事務機器のリース会社、配属は希望が叶っての総務部庶務課だった。ある意味、それは理想的な職場といってよかった。

まず、業務内容がデスクワークに限られているのがいい。そのときどきで任される仕事は様々だが、少なくとも外を何時間も歩き回らされることは一度もなかった。夏には発汗で、冬には乾燥で悪化する患部に、外回りの仕事は何より応える。

ときには数日にわたって意味も分からない数字、おそらく経費か何かなのだろうが、その辻褄合わせをさせられたり、仕様の違う手書き伝票を延々とコンピュータに打ち込んだりしなければならないが、それでも外回りよりはいい。一定の温度と湿度に保たれたオフィスに居続けることができる。それで給料がもらえる。典子にはありがたいことだった。

同じ係にいる社員のほとんどが女性というのもいい。典子はもはや、男性との新しい出会いなど求めてはいない。周りは同性の方が気楽だ。女性社会特有の虐《いじ》めがあろうと、後輩に対する通過儀礼的抑圧があろうと、異性の目に晒され続けるよりはましだ。

典子の視界にいる男性は係長の大谷《おおたに》だけ。しかも左斜め三メートル先。大谷の方から、典子の右肩は見えない。そして背後は書類棚、男性はおろか人間は誰一人いない。

自意識過剰なのだろうが、男性の視線というものは、常に女性の服の内側に向けられているように、典子には感じられる。そんな視線に四六時中、背中を向け続けるなんて耐えられない。

制服の白いブラウス、その下の黒い肌を透かし見られたら。

一枚余計にTシャツを着ているのだからそんなことはあり得ないのだけれど、生理的嫌悪感はそう簡単には払拭できない。

他人、それも男性が、この黒い肌を見たら。

典子には一度だけ経験がある。大学生の頃だ。初めてデートらしきデートをし、会う回数を重ね、唇を合わせた男。語学のクラスが一緒だった同級生。その彼と、初めてラブホテルに入った。

読書や映画の趣味が合い、典子同様、何かのスポーツに凝っているでもなく、明るい、優しい人だった。一緒にいると楽しかったし、安らぎも覚えた。まもなく、この人ならという想いも芽生えた。典子は自分の疾患について話し、彼は「気にするな、典子だ。とても綺麗だよ」といってくれた。

典子はその言葉を信じた。

だが、裏切られた。

典子の裸の背中を見た彼の目には、明らかな嫌悪の色が見てとれた。

気持ちワリい——。

言葉にこそしなかったが、彼の心の声は、典子の心の耳にはっきりと届いた。

気持ちワリい。何をどうしたら、こんなんなっちまうんだ——。

典子はバッグを抱え、ホテルの部屋を飛び出した。家に着いてから、ブラウスのボタンが二つしかかかっておらず、しかも段違いになっていると気づいた。典子は自室でそのままボタンを引き千切り、下着を毟り取り、上半身裸になって泣いた。

以後、典子は彼を避けた。彼もまた、典子を再び誘おうとはしなかった。妙な噂をたてずにいてくれただけ、今は彼に感謝している。

以来典子は、恋とは無縁の生活を送っている。

今回、治療のために思いきって東京を離れたのは、もちろん病気を治したい、綺麗な肌になりたい、痒みを取り除きたいからだが、もう一度恋をしてみたいという、そういう気持ちがあることも、また事実ではあった。

もう恋なんてしない、絶対にしないと誓いながら、やはり誰かに認められたい、女として見てもらいたい、そういう思いがある。そのためにはこの奇病を治して、まずはまっさらな体の、普通の人間にならなければならない。

そう、普通の人間。典子には、自分が普通の人間ではないという感覚がある。

あの黒い瑕は、とても人の肌とは思えない色をしている。まるで体の内部から、まったく別の生き物が這い出ようとしているような、そんな異物感がある。異物、異質、異生物。それを追い払うために、典子は苦手な旅に身を投じた。

それにしても、この白い闇の向こうに、本当にこの体を治してくれる医療技術はあるのだろうか。そんな魔法が、自分を待っていてくれるのだろうか。

典子は、ただ重苦しいだけの雪景色を眺めるのに飽き、車内に目を戻した。

車は比較的高級なワンボックスカー。医師が二人同乗しており、運転しているのはそのうちの一人だ。もしかしたら、これは彼の自家用車なのかもしれない。

助手席にいるのは典子の担当医、野《の》本《もと》和明《かずあき》。二列目のベンチシートには典子より少し年上っぽい男性と、三十代の男性、一番後ろには典子と、もう一人女の子が座っている。

彼女にだけは名前を訊いた。

「ムライ、トモカです」

十六歳、高校一年生。字は「友香」と書くらしい。どこが悪いのかは分からないが、彼女もまた野本の患者だという。いわれてみれば、診察を待っているときに一度くらいは顔を見たような気もする。

典子も自己紹介を返す。

「君島《きみじま》典子です。……なんか、女の人は私たち二人だけなんですって。ちょっと心細いけど、よろしくね」

典子は彼女、友香も同じ心細さを抱えているだろうと思っていたのだが、どうやら、そうでもないらしい。

「……野本先生って、カッコいいですよね」

意外なほど楽しげに、そんなことを囁く。

虚を突かれて顔を見ると、友香は悪戯《いたずら》っぽく笑みを浮かべていた。典子は何か、早々と友香に裏切られたような気持ちになった。

確かに、野本は美男子だ。きりっとした目鼻立ちの、どちらかというと中性的な顔をしている。そのわりに体付きはガッチリしていて、白衣さえ着ていなければむしろスポーツマンっぽい、というのが典子の抱いた第一印象だった。

その予想は実際当たっていて、今日初めて野本のカジュアルな恰好、ダウンジャケットにニット、ジーパンという姿を見たのだが、そのときも意外なほど逞《たくま》しい脚に目がいった。そういえば、いつものメガネも掛けていなかった。

「そう、かもね……」

典子が曖昧《あいまい》に返すと、また友香が耳打ちしてくる。

「何歳くらいかな」

「さあ。三十前後、じゃないかな」

「はぁ、やっぱり……ちょっと私には、年上過ぎるんだよな」

そういいながら、前方の助手席を覗く。

ふと典子の中に、友香を拒む気持ちが芽生えた。

この子は、この旅を楽しんでいる。そう思わせるほどに、彼女の様子は軽やかだった。まともな人間に戻りたいだなどと考えている自分とは、根本的に事情が違うようだ。もしかしたら、症状がさほど深刻ではないのかもしれない。だがそうだとしたら、なぜこんな治療に参加したのだろう。

今度は、典子の手に触れながら訊く。

「典子さん、いくつですか？」

「私？　二十三。今年、四」

「そう。じゃあお似合いかも」

「え、何が？」

「野本先生と」

「は？」

「野本先生と、典子さん」

「ちょっと、何それ」

典子は頬を赤らめるより前に、友香に対する苛立ちに顔が熱くなった。

自分は恋なんてできる女じゃない。野本みたいな男と付き合うなんて、そんなことは考える資格すらない。野本はモテる典型的なタイプ。そうでなくとも医者という、狙われやすい肩書きの持ち主だ。周りには看護師やらなんやら、若くて綺麗な女の子がわんさかいる。仮に自分が健康であったとしても、出る幕などありはしない。

挙句、自分は最大の汚点、背中の黒い瑕を野本に見せている。医者と患者の関係なのだから当たり前だが、その当たり前が当たり前ではない、という思いが典子にはある。

野本といえども、いくら医者であっても、さすがにこれは気味が悪いと思っているはずだ。女として以前に、いや患者として以前に、気味の悪い疾患の持ち主としか見ていないはずだ。

でも、お似合い、か――。

その響き自体は、悪くなかった。救われるものがあった。ちょっと、友香に心を許そうとする自分がいる。馬鹿げているとは思いながらも。

「……ないわよ。そんなの」

「そう？　そうかな」

それで、友香との会話は尻すぼみに途切れた。

「あとどれくらいっすか」

退屈したのか、典子より少し年上の男性患者が訊いた。

「もう、あと……十分か、十五分ですよ」

運転席の医師が答える。

まもなく車は右に曲った。しかし先が林道になったので間違いだと気づき、少し開けたところで切り返し、逆戻り。そんなことをしていたので、到着はさらに十分かそこらは遅れそうだった。カーナビは一応ついているのだが、機種が古いのかこの山道に入ってからはほとんど役に立たないようだった。

ハンドルを握る医師が改めて右折する際、「ここで間違いないですよね」と訊いた。野本は「と思いますよ」と返した。

なんだ、誰も今回の目的地には、いったことがないのか――。

にわかに、不安の黒雲が心の内に湧く。

再び左右に暗い林が続き、やがてトンネルにさしかかった。地面が雪道からトンネル内の乾いたそれに変わると、いつのまにか意識しなくなっていたチェーンの音がやけに耳についた。天井や壁のコンクリートに反射して響くからか、と気づく頃には、もう出口が前方に迫っていた。

そのときだ。

典子は自分の右後方で鳴っていたチェーンの音が、ふっと消えたように感じた。車は頭からトンネルの外、明かりの中、白い闇にすべり出ていく。

「おッ」

まず漏らしたのは運転する医師だった。

途端、典子のいる右後方の窓が山の斜面に近づいていく。車はほんの一瞬のうちに、完全な横向きになろうとしていた。

「おいッ」

野本は運転席にいいながら、仰け反るように背中をシートに押しつける。

前の席では男の手が、何かに摑まろうともがいている。

その隣の男は何やら怒鳴っている。

運転する医師はハンドルを切るのに必死だ。

すると今度は反対に尻が振られ、

「……やっ」

友香の側の窓が大きく林に接近していく。このままでは、谷間に落ちる――。

だがハンドルは再び反対に切られ、ひと呼吸もふた呼吸も遅れて、その方向に頭を戻した。

「おいおいおいおいおいッ」

「ちょっとな、何やってんだよ」

前の男二人が怒声をあげる。

典子と友香は身を固くし、声を殺していた。

フロントガラスには林の木々が映り、かと思えば山側、雪の貼り付いたコンクリートの斜面に突進していく。もはや車は、完全にコントロールを失っていた。

そしてついに、

「キャッ」

典子のすぐ後ろがコンクリート斜面に接触した。幸か不幸か、衝撃で車は正面を向いた。が、その先で道はカーブしており、ガードレールを越えたその先にあるのは、灰色の空だ。

「クソッ」

運転席の医師は、右に左にハンドルを切り続ける。しかし、車の向きはまるでその通りにならない。

「ウオォーッ」

目の前の男が叫ぶ。

隣の男は窓に張り付いている。

典子は黙っていた。

友香は目を閉じて縮こまっていた。

運転する医師も何か叫んだ。

野本はもう、激突の衝撃に耐える構えに入っていた。

やがて、車は雪に覆われた路面から逸れ、暗い林に突っ込んでいった。

階段を踏み外したように、車体がガクンと左に傾く。

一本の太い木が運転席正面に迫る。

フロントガラスは紙くずのようにくしゃくしゃと割れ、木の幹が車内に侵入してくる。

今度はそこを中心に、車体後部が弧を描いて左に振られる。
車内が林に倣《なら》って暗くなる。
再び踏み外したように、車体が後ろに傾く。
運転席にめり込んでいた木の幹が離れ、遠ざかっていく。
車は林の斜面を後ろ向きに、ゆっくりと、なす術もなく、ただ、すべり落ちていった。

第一章　打診

1

野本の視線が背中に痛い。

上着は肩までまくり上げ、ブラはホックをはずしている。裸の背中を男に見せる。こればかりはいつまで経っても慣れることがない。粗悪な化繊のセーターを直に着たような肌触りの悪さを、背中いっぱいに感じる。

かつて、診察中に手がすべったふりをして典子の胸を触った中年の漢方医がいた。さして大きくもない典子の胸にかぶさった分厚い掌、太い指、形を確かめるような動き、上辺だけの謝罪。振り返った典子は反射的に医師の頰を叩き、怒りを吐き出すより先に診察室を飛び出した。

今も、典子はあの手の感触を覚えている。いや、忘れずにいる。思い出すたび吐き気を催すおぞましい記憶なのに、一方では忘れたくないと願う自分もいる。確かにいる。

あの医師は、典子に「女」を見た。だから胸に触った。そこに勘違いはないと思う。典子の黒い瑕を散々見て知っているにも拘《かか》わらず、背中から手をすべらせ、脇をくぐらせ、胸に這わせた。そうすることで、この厄介な患者がもうこなくなったらいい、そういう思いもあっただろう。だがそうだとしても、実際にあの医師は典子の胸に触った。男として、女である典子の胸に触れたのだ。

あのときとっさに診察室を飛び出さなかったら、彼はどういう態度をとったのだろう。胸で抗議の意思を示さなかったら、次に何をしたのだろう。

抱きついてきただろうか。キスしようとしただろうか。そのまま診察用のベッドに押し倒しただろうか。衣服を剝ぎ取ろうとしただろうか。それは、今となっては分からないし、確かめたいとも思わない。だが、忘れたくないと思う。典子の女を欲した中年の男がいたことを。乏しい髪を脂で頭皮に寝かしつけた、黒縁メガネの、太った漢方医を。

今、典子の担当医である野本和明は、あの漢方医とは似ても似つかぬいい男だ。清潔な身だしなみ。事務的ではっきりした言葉遣い。真面目を通り越してちょっと怖いくらいの無表情。

野本が女性患者に人気があるのは分かる。

大きく肌を晒さなければならない女性患者は、それを性的な目で見られるのではないかという不安を常に抱えている。だから、選択の余地があるならば女医を選ぶ。

だが、野本の機械的な診察は、そういった不安をまったく患者に感じさせない。もちろん、腹の底ではどうだか分からないが、表面的にはないといえる。加えてあの整った顔立ち。そんな評判も広まるものなのか、野本の診察を待つ廊下のベンチは、いつだって女性患者でいっぱいだった。

しかし、だからこそ典子はつらい。

野本が実際、典子の肌を見て何を思うかは知らない。だがその無表情には、いくらでも嫌な想像を許す余地がある。少なくとも、典子にとってはそうだ。

汚いと思っているのではないか、若い女なのに可哀相と思っているのではないか、これはもう人間の肌じゃないと思っているのではないか。ヒステリックにそんなことを問いただせば、野本は「そんなことはありませんよ」と、縁なしのメガネをついっと上げて答えるだろう。愛想笑いの一つくらいは浮かべるかもしれない。でも、それだけだろう。

野本は決して典子に女を見たりはしない、それは分かっている。看護師の目を盗んで、典子の胸に触れてみようなどとはしない。それはここが帝都医大という有名な病院だから、ではない。野本が人格者で有能な医師だからでも、たぶんない。

それは、典子が女ではないからだ。女である以前に、原因不明の気味の悪い疾患を背負った厄介な患者で、人間かどうかも疑わしい肉体の持ち主だからだ。そして典子は、それが男性一般の、極めて常識的な感覚であろうことを承知している。

右肩にある、丸みを帯びた三日月形の異物。人間の皮膚とは思えないほど黒光りした、小さな甲羅。野本がいうところの、患部。

「……はい。けっこうです」

いつも通り、野本は事務的なひと言で診察を終える。

典子は上着の裾を腰まで下ろし、背中を隠す。診察用に持参し、前もって着替えるグレーのスウェット。平日、会社の前後に診察を受けるときの必需品だ。部屋着同然、まるで色気などない代物だが、バックファスナーのブラウスなどは、瑕に障って着られないのだから仕方ない。

向き直ると、

「君島さん」

野本はちょっと難しい顔で呼び掛けてきた。

さっきまで典子の横にいた看護師はすでに退出しており、さして広くはない診察室にいるのは、典子と野本の二人だけになっていた。向かい合う脇にはデスクがあり、カルテが広げられている。もちろん典子には、何が書いてあるかなど分からない。

「……はい」

典子は答え、うつむいた。

とうとうきたか、と思った。

いいかげん、医者の声色で次に何をいわれるかは分かるようになっていた。この帝都医大の皮膚科にかかるのは三度目。診察が三回目というのではなく、一定期間通って、症状が改善されず別の病院に移って、そこからまた何軒か回って、また帝都医大に戻ってくる。そんなことが三度目、という意味だ。

ここも、もう潮時か。

病状が快方に向かわなければ、どんなに誠意ある医者でもいずれは患者を見放す。あからさまにそうはしなくてもバカの一つ覚え、ステロイド軟膏の塗布で「そのうちよくなりますよ」と繰り返すか、それで駄目なら「直に注射でも打ちましょうか」と暗に突き放す。患者の方から去っていく、医者はそれを待っている。少なくとも、典子に対しては。

結局、野本もそんな医者の一人にすぎなかったということだ。特に何を期待していたわけではないが、実際にその時が訪れれば落胆は免れない。

「……分かりました」

典子は先手を打って席を立った。が、

「は？　君島さん」

野本は珍しく、慌てた様子で典子に手を伸べた。

「ちょっと、どうしたんですか」

いわれなくても分かります、だから出ていくんです。そうは思ったが、いうより早く野本は典子の手首を握った。その意外な力強さに動きを封じられる。

「まあ、座ってください」

ここで暴れ出すのも大人気《おとなげ》ないので従うが、つまり意味するところは同じだろうと、典子は心の内で野本に背を向けた。

「私、もう、けっこうですから……」

そういって顔を見ると、野本は少し眉をひそめた。

「何がですか」

「もう、本当に……」

「ですから、何がもういいんですか。落ち着いて私の話を聞いてください」

まるで早とちりをしている、慌てているのは典子のようにいわれ、腹は立ったが、そこまでいわれたら聞かないわけにもいかない。

典子は大きく息を吐き出し、

「……なんでしょう」

不機嫌を隠さずに訊いた。

野本はいつもの無表情で、典子を真っ直ぐ見て始めた。

「はい。まあ、こんなことは申し上げるまでもないのかもしれませんが、患部の状態は、決してよくはないです」

ほらごらんなさい。だが、ここは黙って続きを待つ。

「ステロイドの内服薬を用いた治療も、そろそろ限界にきています。先月の内科検診でも、内臓に負担がかかってきていると、そういう結果が出ました。私としては、患部に直接の注射まではしたくないと考えています。ですからそろそろ、根本的に違う、まったく別の治療方法に切り替える必要があるわけですが、現状の皮膚科の範疇では、正直、もう手がないといわざるを得ません」

それで、何を落ち着いて聞けというのだろう。

野本がいったのは、これまで何人もの医師が口にしたのと同じ台詞《せりふ》だった。それで、つまるところは漢方か？　そんなものはとっくのとうに試しているし、それで駄目だからまたステロイドを副作用覚悟で使ってるんじゃないの、と、思いはするが、いいはしない。喧嘩を仕掛けるのは、この取り澄ました色男がボロを出してからでいい。

「……まったく違う治療なんて、あるんでしょうか」

そんなものはあるはずがない。端《はな》から期待などしていない。典子はただ、話を早く終わらせるためだけに訊いた。

だが野本は「はい」と、妙に自信ありげに答えた。

「君島さん。つかぬことをお伺いしますが、まだ、就職されて間もないんでしたよね」

てっきり「外科手術」とかなんとか、具体的な方法を言い出すものと思っていたのだが、違うのか。

「は？」

「ですからお仕事は……ええと」

傍らのカルテを見る。

「まだ一年目ですか？　それとも短大卒なら、三年目くらいですか」

話が見えない苛立ちはあるが、問われれば答えるしかない。

「一年目です。去年の春に就職したばかりですから、まだ一年にもなってません。それが何か」

野本が固く唇を結ぶ。

「……それじゃあ、有給休暇は、そんなに溜まってないですか」

「ええ。こういう診察にもちょいちょい使ってますから、残ってても十日、たぶん、ないと思います」

すると、今度は溜め息をつく。

「……それ、まとめて使えませんか」

「は？」

何をいっているのだろう、この人は。社会人一年生に向かって、なんと馬鹿なことを。

「無理です」

「一週間とか」

「あいにく、そんな雰囲気の職場じゃないんです」

「休暇はとりづらい環境ですか」

「ええ。先輩方の目が、何かと厳しいもので」

「はあ。それはまあ、この業界も似たようなものですが」

野本は、さっき女性看護師が出ていった戸口をチラリと見た。確かに、そういう意味では似ているかもしれない。野本もときには冗談をいうのかと、冷めた笑いが込み上げるが、表情には出さず、典子は続けた。

「それに、今月は特に忙しいんです。なぜかうちの会社、年度末決算が一月なんです。ですから、私は庶務ですけど、毎年色々、経理の下働きに回されたり、なんだかんだ忙しいらしいんです。先輩方のいうところによると」

野本がまた眉をひそめる。

「そうですか……」

そろそろ典子の方も、苛立ちが限界にきていた。あえて親切に、こっちから訊いてやろうか。

「なんなんですか。有給休暇がどうかしましたか」

「ええ」

野本は気を取り直したように顔を上げた。そう思ってよく見ると、今まで無表情と感じていたそれの中にも、微妙に感情が読み取れることに気づく。何か挑むような、こっちを試すような目の色だ。

「……実は、遺伝子治療はどうかと、考えておりまして」

「い、遺伝子？」

「はい」

遺伝子治療——つまりDNAとか、その、DNAとか、なんかそういう、最先端医療の、あの、ミクロの世界で、何かをどうにかしてしまうという、あの遺伝子を用いた、治療ということか。そんなもので、この皮膚病が治るのか。

「以前にも申し上げましたが、君島さんの症状は、いわゆるアトピー性皮膚炎とか、そういったものとはまったく違います。確かに痒みをともない、患部が目に見えて悪化していく過程は似ていなくもないですが、またステロイドである程度の改善が見られた時期もあると、そういった点でも共通点はありますが、この段階になってしまうと、まったくの別物と考えた方がいいでしょう。

血液検査でも、たとえばアレルゲンになるような食べ物は、特にヒットしなかったでしょう。大豆、タマゴ、乳製品はもとより、小麦、蕎麦《そば》、魚介類、肉、野菜、果物でも反応は陰性でした。特に苦手な添加物、化学物質がある、というのでもない。

私もずいぶん似たような症例を探しました。方々連絡もとってみました。それで、最近になってようやく、似たような症例を扱っている機関と話ができたんです。それで、じゃあ遺伝子治療をしてみたらどうかと、そういう話が持ち上がりました」

野本が典子の症状について調べたり、方々連絡をとったりしてくれていたとは意外だ。そんな素振りは、今までまったく見せなかったではないか。

「で、ようやく話は有給休暇に繋がるわけなんですが。すみません、前置きが長くて。……でですね、実はうちの他に大学がいくつか、それと民間ですが、製薬会社が合同で出資して立ち上げた、遺伝子治療研究センターというのがあるんです。北軽井沢を、もうちょっと奥にいった辺りなんですが。なんでまたそんな辺鄙《へんぴ》なところに、とお思いでしょう」

「……ええ」

確かに、北軽井沢よりもっと奥なら、相当辺鄙な場所だろう。治療や研究なら、都会でやった方が便利ではないのか。

だがそれよりも典子は、この野本の饒舌《じょうぜつ》に驚いていた。野本が、まさかこんなによく喋る男だとは思っていなかった。この数分で、野本和明という男の印象がくるくると変わっていく。別にその方が好ましいわけでもないが。

「まあそれには、ちょっとした研究上の事情がありまして。基本的に患者さんは紹介というか、医師の判断でセンター側に打診して、それではとなったら、患者さんにお話しする段取りになっています。大体は東京からの患者さんですが、中には東京という環境そのものが、疾患の原因になっている方もいらっしゃいます。しかしセンター側としては、そういう環境から切り離して、それでもどうか、というのが初めて研究対象になるものですから、まあ立地としてはよくないんですが、そんな場所に造られたわけなんです。東京から離れること自体が、目的の一つなんです。……ちょっと、分かりづらいかもしれませんが、そういうことなんです。

具体的には、患者さんの細胞からＤＮＡを採取して……いや、お恥ずかしい。遺伝子工学は専門外なもので、もし間違っていたらいけないので、あまり専門的なことはいわないようにします。

でまあ、その患者さんの細胞から採取したＤＮＡを解析し、その……臨床実験というと、敬遠されるかもしれませんが、その場で、患者さんに合った治療を施そうと、そういう試みなんです。もちろん、センターには最新の機器がそろっていますが、分析だけでも、ある程度の時間はかかります。それから治療方法を模索するわけですから、細胞の培養とかもするわけですから、最低でも、二ヶ月くらいは考えていただかなければいけません」

「に……」

二ヶ月？

そんな、そんな馬鹿なことができるはずがない。昨今、多少は景気も回復傾向にあるといわれているが、それでも女子新卒の採用枠はまだまだ少ない。そんな状況下でようやくもぐり込んだ、しかもそこそこの優良企業。肉体的にも精神的にも、この上なく恵まれているといえるあの職場を、効くか効かないか分からない遺伝子治療とやらのために、二ヶ月もほったらかしてむざむざとクビになる女がどこにいる。

「無理ですッ」

典子が怒鳴っても、野本の涼しげな表情は崩れない。

「でも、お体の方が大事だとは思いませんか」

「今でも充分に仕事はできます」

「しかし、決して快方には向かっていません」

「そんなの、私が一番よく知ってます」

「それはそうでしょう。しかし……あの、立ち入ったことを伺うようですが、一人暮らしですか」

「……は？」

「あ、お気を悪くなさらないでください。そういう意味じゃありませんから」

つまり、あんたを女だなんて思ってないから変な勘違いはするな、といいたいわけだ。なるほど、それはそうだろう。そんなことはこっちだって百も承知だ。

「親と同居ですが、それが何か」

「いいえ。君島さんはまだお若いことですし、いっそすっかり綺麗に治してから、それからまたお仕事をなさってもよろしいのではないか、と思ったもので」

何を勝手な。こっちの家庭事情も知らないくせに。

「つまり、治るまでは親に面倒を見てもらえと」

「別に、そういうわけではありませんが、会社に打診くらいはしてみたらいかがでしょう、と申し上げているのです」

「同じことです。そんなワガママが通る会社ではありません」

「しかし治療しなければ、いずれ入院しなければならない状態になりますよ。今だって実際、周辺の皮膚が所々裂けているじゃないですか。急に右手を伸ばして、何かしたんでしょう。それで患部との境目が裂けて出血したんでしょう。もう日常生活に、充分支障をきたしているじゃありませんか。こんなことは私がいっていいものではありませんが、従来の対症療法ではもう駄目です。……君島さん、せめて、会社に打診だけでもしてみてはいかがですか」

野本の意外な勢いに押され、典子は言葉を失った。

説得の論法は不愉快だが、今までにない多弁が示す野本の懸命さは、正直、嬉しかった。

「対症療法ではもう駄目だ」と、いわば今までの自分の立場すら否定してみせた野本。彼が可能性を見出した遺伝子治療とは、いかなるものなのだろうか。

「……あの」

典子がいうと、野本はまた落ち着いて、「なんでしょう」と姿勢を正した。

「もうちょっと、治療について詳しく、教えていただけませんか」

「……はあ。詳しく、ですか」

野本はしばし考え、両手を膝に置いた。

「分かりました。当然のご質問だと思います。ですが先ほども申し上げた通り、私は遺伝子工学の専門家ではないので、簡単にしかご説明できませんが、そこのところはご了承ください。

まずですね、第一段階として、君島さんの細胞をサンプリングし、ＤＮＡの断片を解析します。ＤＮＡというのは、まあ一般知識としてご存じでしょうが、人体を作る上での設計図みたいなものです。私のＤＮＡには私の、君島さんのＤＮＡには君島さんの設計図が入っている。ＤＮＡというのはあの、二重螺旋《らせん》になってる、例のあれでして、それをもっと細かく見ると、塩基配列というものが見えてきます……いや、これは難しいから省きましょうか。

つまりですね、ＤＮＡの一部が遺伝子で、いや、遺伝子を含む塩基配列の集合体がＤＮＡといった方が正しいかな。つまり遺伝子は、たくさん繋がってるんです。……で、君島さんのDNAの、遺伝子の塩基配列を調べてですね、その中に病気の原因となりそうな部分を見つけたとしますよね。そうしたらそれを、たとえばマウスに移植するんですよ。その結果マウスに君島さんと同じ症状が現われたら、遺伝子のどの部分が疾患の原因だったか、分かったことになりますよね。

そうしたら今度は、君島さんの遺伝子の、その部分を修復したものを、君島さんに戻すんです。もう病気にならない、疾患が肩に出ない遺伝子を、君島さんに戻すんです。……ざっくりいうと、そういうことになります」

設計図を取り出して、マウスで間違いを確かめて、間違いが修復できたら、元に戻す？

「あの……ずいぶん、簡単に、聞こえるんですが」

すると、野本は少し困った顔をした。

「いや、それは私が簡単にお話ししたからであって、実際は色々、たとえばどの部分が疾患の原因になっているかを特定するだけでも、相当大変な作業になると思います。それがたとえ分かったとしても、今度は修復作業があるわけですし。それがどれくらい大変かは、私には分かりかねますが、けっこう、大変だと思います」

「……そうですか」

もう一つ、典子には患者として訊いておかなければならない、大切な質問がある。

「ちなみに、その遺伝子治療というのに、保険は利くんですか」

野本は「ああ」という感じで手を叩いた。今までの野本にはない仕草だった。

「それはですね、保険ではないんですけど、まあ製薬会社が出資しているというのもありますし、最先端の医療研究を兼ねたものですから、莫大な研究費も割り当てられていますので……さすがに、無料というわけにはいきませんが、さほど心配されるほどの額ではないと聞いています。食費とか病室の使用料、いわゆる入院費用ですが、そういうものは遺伝子治療でなくてもかかりますでしょう。それに多少の上乗せがあると、まあその程度に考えていただいて、かまわないと思います」

結局、典子は「考えさせてください」といって席を立った。

野本は「はい、お大事に」といったあとで、慌てたように付け加えた。

「それと、君島さん、急な話で恐縮ですが、できればお返事は早めにいただきたいんです。というのも、実はもう一人、私の患者さんですでに入院を決めた方がいらっしゃいまして、その出発が来週の土曜日なんです。私もそれには同行するつもりなので、できればそのとき君島さんにもご一緒願えたら、と……」

典子は「分かりました」と一礼して病室を出た。

なんだ、自分はついでなのか、という思いはあった。これは単純な治療の提案ではなく、何から何まで決まっている研究機関の計画の一環なのだ、という印象も受けた。それでも、典子はこの提案に興味を覚えた。

遺伝子を取り出して、いわば人体の根本から疾患の原因を治してしまおうという手法に、今までにはない期待と興味を持ったのは事実だった。

2

帝都医大のある本郷三丁目から地下鉄で池袋、ＪＲに乗り換えて高田馬場で降りる。そこから徒歩で七分。典子が会社に着いたのは十一時半をちょっと回った頃だった。予定では午後からの出社としていたので、時間的には問題ない。

制服に着替えて総務部第一のフロアに入り、

「……遅くなりました」

デスクにバッグとポーチを置く。すぐに、

「君島さん。それ、二時までにやってね」

向かいに座る先輩、お局軍団中隊長の白川美貴子《しらかわみきこ》が、典子の机にある書類の山を目で示していった。見れば手書きの書類、クセの強い読みづらい数字の列。どこの誰が書いたものか、そんなことはどうでもいい。典子はその数字を縦に横に合計し、間違いがなければ白川に返すだけだ。

「はい、分かりました」

典子は一礼し、だが書類には向かわず、典子たちを見渡す位置にいる上司、大谷のデスクに進んだ。真横に立つと、

「……ん、何よ」

くもったメガネの奥から、いつも寝不足のようにくっきりとした二重《ふたえ》瞼《まぶた》が典子を見る。総務部庶務課の第二係長。出世コースから大きくはずれた者の座る椅子。彼自身がその処遇をどう思っているかは知らない。ただ、ここから抜け出て再び第一線に舞い戻ろう、というような気概はまったく感じられない男だ。

「あの、係長。お話ししたいことがあるので、お昼休み、ちょっとお時間いただけますか」

すると大谷は壁に掛かった時計を見上げ、もう昼近いことに初めて気づいたように「ああ」と漏らした。

「あ、でも俺、今日は弁当だよ。外、出ないよ」

珍しい。よほど今朝は奥様のご機嫌がよろしかったようだ。

「お食事が済んでからでけっこうです。それからでいいですから、ちょっとだけお時間を……」

「はあん」

それとなく、大谷の目が典子の表面を舐める。

一年目のＯＬが俺になんの用だろう。まさか付き合ってくれとかいうんじゃないだろうな。この子、どんな体してんだろう——勝手に心を読むとしたら、そんな目だ。典子はこれだから、有給休暇の申請をするのが嫌だったのだ。大谷と個人的な会話を交わすのが嫌なのだ。決してお局が怖いのではない。

やがて時計の針が正午に近づくと、仕事の区切りのいい者から席を立ち始める。その頃を見計らい、フロアに残った者に行き渡る数だけお茶を淹れ、それぞれに配る。デスクで食事をするのは、このフロア全体の約三分の一。いつも二十人くらいだ。

自分の湯飲みを給湯室にキープしている者も多いので、入社当初はどれが誰の湯飲みか覚えられず、散々嫌な思いをさせられた。

「こっちが僕のだよ。ちゃんと覚えてね」

そういうついでに尻を撫でるのが慣例のようで、典子はしばらく、暑いのを我慢してガチガチに固いガードルを着けたりもしていた。

結局、湯飲みの図柄と形を書き出した表に、持ち主の所属と名前を書き込んで対処したのだが、その表が完成する頃になって、

「あーら、いってくれればコピーしてあげたのに。ご苦労さまぁ」

白川は典子が作ったのとそっくりな表をひらつかせた。どれが誰の湯飲みか分からなくて困る。それについて典子は、何度も白川に相談していた。そのたびに彼女は「覚えるしかないでしょ」と冷たく答えるだけだった。しかも、

「裏に直接、名前なんて書き込んじゃ駄目よ」

そんな忠告までした。それなのに——。

その一件で典子は、会社生活とはどういうことか、女性社会とはいかなるものかを学んだ。そして典子は思った。自分が後輩を迎えたときは、あんなくだらない意地悪はするまいと。

ちなみに大谷の湯飲みは、どこかの寿司屋でもらってきたような大きいやつだ。そのくせ猫舌で、一番最後に持ってきてくれ、というのが彼の要望の常だった。

「……ああ、ありがとう」

いつもは目の前に置いても無言のくせに、今日はわざわざ見上げて礼をいう。しかも愛想笑いまで浮かべて。典子は寒気を堪《こら》えて席に戻った。

デスクの引き出しを開け、小さな紙袋を取り出す。駅からの道中にあるお気に入りのパン屋で、弁当代わりに買い込んできたものだ。生ハムと野菜のサンドイッチと、グレープフルーツジュース。

ストローを口にした瞬間、視線を感じて目を向けると、湯飲みを両手で持った大谷がこっちを見ていた。しかも、目が合っても逸らさない。俺、もう食べ終わっちゃったよ、早く君の話を聞かせてよ、とでもいいたげだ。

あまり時間が経つと、このサンドイッチはベチャッとなってしまうのだが、致し方ない。典子はまだふた口しか食べていないそれを袋に戻し、再び大谷のもとに向かった。

喫煙所も兼ねたラウンジ。といっても、カップドリンクの販売機が三台あって、テーブルを四つ並べただけの、つまりは廊下のどん詰まりを有効活用した、単なる休憩スペースだ。春や秋ならいざ知らず、冬場はいくら全館空調が効いているにしても薄ら寒い。そんな場所だから昼休みでも人気がない。現に今、典子と大谷の他には誰もいない。

「何が、よろしいですか」

大谷がさっさと座ったので、典子は仕方なく自分から販売機の前に立った。

「ああ、悪いね。モカのミルク入り砂糖なしで。最近、ちょっと甘いものを控えてるんだよね」

そんなことを自ら語り、大谷は典子にどう反応してほしいのだろう。ダイエットですか、大谷さん、そんなに太ってなんてないじゃないですか、スマートですよほんと、スタイルがいいって、女の子にも人気があるんですから。いや、さすがにそこまでいったら空々しいか。ベルトに乗った腹が醜いのは他でもない、自分が一番よく知っていることだろうから。

「……どうぞ」

「はいはい、ありがとう」

典子が時間をくれといっただけで上機嫌になるのは勝手だが、逆に本題が切り出しづらくなったのには困った。

いきなり長期休暇がほしいといったら急転直下、今の上機嫌が消えてなくなるのは目に見えている。しかし、こんな簡単な話にそういくつもアプローチのし方があるはずもない。いや、口の上手い人なら何か、たとえば営業の男の人ならこういうとき、スムーズに話を切り出す心得みたいなものを知っているのかもしれない。あるいは手練手管を心得た女子社員なら、機嫌をとりながら「仕方ないな」のひと言を引き出せるのかもしれない。

だが、あいにく典子はそのどちらでもない。

「話って、何よ」

「え、あ、はい。あの、実は……」

挙句、大谷に先手を打たれる始末。自分に都合のいい展開には程遠い。

典子はこくり、小さく唾を飲み込んでから、思いきって始めた。

「あの、実は私、ちょっと、患っているものがありまして」

「え？　あ、何、痔？」

ガツン、といきなりきたな、と思った。

そういえば、大谷は数年前に痔の手術をしたとお局の誰かから聞いたことがある。典子ではない別の女子社員は、飲み会で痔の話を延々聞かされて吐きそうになったといっていた。だが、こんなことでくじけてはいられない。へこんだ様子を見せてはならない。

「違います。そうではなくて……」

「いいよ、隠さなくたって。つらいんだよね、分かるよ。どっち？　切れる系？　イボ系？　なんでも相談に乗るよ」

そして遠慮なく、典子の尻に目を向ける。負けない。こんなことじゃ負けられない。

「背中なんですけど」

「背中に痔はできないでしょう」

「はい。ですからそうではないと申し上げています」

「あれ、痔だっていわなかったっけ」

痔だなんていってません、と返してしまえば早いのだろうが、大谷は典子の口から「痔」のひと言を引き出すのに躍起になっているようだから、逆に、絶対にいうものかと心に決める。

「皮膚科に通っています」

「駄目だよ。ちゃんと肛門科にかからなきゃ」

「今日も午前中にいってきました。正直に申し上げればよかったのですが、あまり病人のようには思われたくなかったもので」

「うんうん。いいづらいよね、分かるよ。大の男だって恥ずかしいもん」

「それで、あまり長く患っているもので、入院を勧められました」

「そう、手術するまでいっちゃったんだ。大変だ」

「いえ、手術ではありません。皮膚科で長い間ステロイド剤を処方されてきましたが、もうそれも限界にきていまして、いっそ遺伝子治療を受けてみようかと。それで入院を」

「うんう……え？　い、遺伝子？」

どうだ。病気といえば痔の話しかできないあんたに、遺伝子治療とは耳慣れないことこの上ないだろう。典子はこの線で煙《けむ》に巻いてやろうと、意地悪く考えた。少なくとも、痔の話題は断ち切れるだろう。

「はい。DNAの解析、細胞の培養、マウスの実験、臨床実験やらなんやらと、どんなに短くても二ヶ月はかかるといわれました。就職して間もないのに大変申し訳ありませんが、休暇をいただくわけにはいきませんでしょうか」

「……二ヶ月、か」

大谷は渋い顔であらぬ方に目を向けた。

あの野本和明とのやり取りは、まるで石膏の彫刻から気持ちを読み取るのに等しかったが、大谷とのそれは、ちょうど四コマ漫画を読むようで実に分かりやすい。今、大谷の頭の中はこんがらがっている。もう痔の話は持ち出さないだろう。ちょろいものだ。いや、そう思うのはまだ早かった。

「背中が、どうしたって」

「子供の頃から、ひどいアトピー性皮膚炎のような感じで」

大谷の視線が、ブラウスの襟元からもぐり込んでくる。患部を知りたいのならそのまま背後に回ればいいものを、視線はどういうわけか胸元に注がれる。ちっちゃいな、とか関係ないことを考えていそうな目だ。

「それ、ひどいの？」

「はい」

「でも、他は綺麗そうじゃない。この辺とか、この辺とか」

いいながら自分の首周りや頬を示す。典子の同じ辺りに、ねっとりと視線を這わせながら。そこだけを比べれば、確かに典子の方が大谷より数段綺麗だろう。当たり前だ。

「はい。ある部分に限っての疾患なので」

「ある部分て？」

「まあ、肩の、後ろ辺りです」

「へえ、そうなの……そうは、見えないけどね……そうなんだ……へえ。大変、だね……」

背中を覗かれる。さすがに大谷も襟首の上から覗き込んだりはしないが、横からじろじろ見られるだけでも、典子はかなりの精神的苦痛を覚える。しかもこういうとき、なぜ人は鼻の下を伸ばすのだろう。大嫌いなアザラシそっくりだ。

「いや、綺麗だよ。君島さん、綺麗じゃない……」

大谷が椅子から尻を浮かせる。

「典子ちゃん、可愛いよ……充分綺麗だよ、うん。全然そんな、病気だなんて気づかないよ……綺麗だよ」

アザラシが、典子の髪の匂いを嗅ごうと鼻を鳴らす。

「いい匂いだな、典子ちゃん……」

煩わしさ、苛立ち、不愉快、怒り。一向に話を進めようとしない大谷の態度はもちろんだが、だいたい今どき、こんなにセクハラが横行する会社なんてあっていいのか。そここの優良企業に入社できたからと今までは我慢してきたが、もう、それも限界だ——。

典子は大谷をぐっと睨みつけた。

「……本当に、わ、私は、病気なんですッ。長い間患っていて、もうボロボロなんです。大谷係長、どうしたら納得していただけるんですか。私がここで裸になって見せなければ納得していただけないんですかッ」

「ちょ……ちょっと」

大谷の顔が、冷や水を浴びたように引き締まる。

これか。

典子は人前であまり大きな声を出すたちではない。が、実際やってみると気分のいいものだ。心臓はパンク寸前といった感じで高鳴っているが、その刺激で逆に吹っ切れるというか、気が大きくなるというか、調子づくところがある。みんな、こうやって発散していたのか。こうやって我を通してきたのか。そんな馬鹿な納得さえしてしまう。

「ぬ、脱ぎましょうか。今ここで、脱いで見せましょうかッ」

「ここ、声、大きいよ、君島くん……」

すぐそこに階段があり、通りかかった社員がこっちを見る。一番近い部署、総務部第二の人がドアから顔を覗かせる。しかも五人も。大谷がその視線に取り繕ってみせる。

「分かったよ、分かった。分かったから、そんな、恐喝じみたことしないでよ」

「人聞きが悪いこといわないでください。こっちは病人なんですから」

「ああ、分かってるって。うん」

「じゃあ、来週末からまとめて休ませていただいてもよろしいでしょうか」

「え、ら、来週末……って」

にわかに、大谷が仕事人の覇気を取り戻す。

「ちょっと、そりゃ急過ぎるよ。いくら君が新人だからって、今月末が猫の手も借りたいほど忙しいの、知ってるでしょう」

知っている。知っているが、ここまでいったらあとには引けない。もうどうにでもなれ、だ。

「会社が忙しいのは今月末だけです。ですが私はもう、何年も何年も患ってきているんです。この機会を逃したら、また何年患うか分からないんです。私の仕事を他の方に振るのは心苦しいですが、でも、私の体の治療は私にしかできないんです。最善を尽くして早く退院できるよう努力します。帰ってきたら休んだ分まで一所懸命働きます。ですから休暇をとらせてください。お願いしますッ」

典子は立ち上がり、深く頭を下げた。

正直、自分がここまではっきりものをいえるとは思っていなかった。大谷も驚いているようだが、誰より典子自身が一番驚いている。しかし同時に、大事《おおごと》になっちゃったな、と後悔してもいた。

前屈した勢いで背中の皮膚がつれ、またちょっと裂けたようだ。でもその痛みが、今は逆に典子の背中を押してくれる。これを治すためには休暇が必要なんだから、がんばって許可をとらなきゃと、自分に言い聞かせてくれる。


結局、大谷の確約はとれなかった。課長に話してみるとはいってくれたが、

「最悪、入院するなら会社辞めろ、っていわれるかもな……」

同情しているのだろうか、大谷は苦い顔でそう告げた。

長らく続いた不況から脱しつつあるといわれる現在でも、この会社の状況は決して思わ

しくはなく、正社員は年々減らされる傾向にある。そんな状態でも新規採用をやめないのは、おそらく世間体とか企業イメージとか、そういうもののためだろう。逆にそれがあるから自分なんかが雇ってもらえた。そこのところは、ちゃんと理解している。

「申し訳ありません。よろしくお願いします」

大谷には、そう念を押すに留めた。

それから、午後いっぱいは普通に仕事をこなした。しかし、大谷から長期休暇の話を聞いた白川が、

「何よ、彼氏と海外にでもいくの」

「……違います」

「あ、分かった。ホームステイだ。留学するんだ」

「ち、違いますって」

「いいわねェ。自宅だとそういう貯金もできるんだァ」

目が合うたび、手を変え品を変え訊いてくる。

そんな彼女の手前、また決算地獄から一人逃げ出すという負い目もあり、この日典子は二時間ほどサービス残業をしてから会社を出た。もう、夜の八時をとうに過ぎていた。

典子の自宅は巣鴨にある。「お年寄りの原宿」と呼ばれ、とげぬき地蔵で有名な、あの

巣鴨だ。

だが典子は声を大にしていいたい。巣鴨は決して、年寄りばかりがうじゃうじゃいる街ではない。ちゃんと若者だって暮らしているし、それ向けの店もある。

ファストフードだって有名な洋菓子店だってひと通りそろっているし、新宿、渋谷ほどではないにせよ、流行りの服を売っている店だってある。

地蔵通り商店街。そのネーミングはいかんともしがたいが、イタリアンだってフレンチだってエスニックだって、なんだって食べられる、けっこうお洒落《しゃれ》な街なのだ。しかし、

「ああ、お地蔵さん」

「なんか、赤パンツ売ってるんでしょ。パワー出るんだって?」

「仏具屋さんとか葬儀屋さんが多そうだね。お寺とかお墓とか」

「ホームに立ってると、お線香の匂いがするって、ほんと?」

そんな声に、いまだかつて反論できたためしはない。

巣鴨駅からは中山道《なかせんどう》を南に七分ほどいき、服飾学校の手前を右に入ったら、あとはずっと真っ直ぐ。少し暗くて寂しい道だけど、仕方ない。これが一番近道なのだから。

特に、家まであと二分という、この辺りが一番寂しい。

典子はときどき後ろを振り返る。足音が聞こえた気がしたり、気配を感じたりするのだ。

しかもここ数日、特にそんなものを強く感じる。

振り返っても、人の姿はない。遠くに通行人の影はあるが、それとは違う。感じたのはもっと近くだった。それなのに、背後には誰もいない。仕方なく気配に背を向け、また歩き始める。

自然と歩く足も速くなる。

痴漢だったのだろうか。それともストーカーか。私の背中には、気味の悪いできものがあるわよ。いや、そんなのは痴漢にもストーカーにも通用しないか。襲われたらおそらく、典子はひとたまりもない。何せスポーツはおろか、学校での体育もずっと休みがちで、体力というものにはほとほと縁がないのだ。

また感じた。振り返る。だが誰もいない。また歩き出す。立てたコートの襟の中で、もういや、もういや、と呟きながら、典子はさらに足を速める。

まただ。間髪を入れず振り返る。

すると、いた。

一つ向こうの、路地への曲がり角。黒っぽいコートのような上着。それをフードまですっぽりかぶった人影が、跳ぶようにブロック塀に身を隠すのが見えた。いや、隠れたように見えた。

次の瞬間、典子はもう走り出していた。ブーツのヒールは五センチ。人気のない住宅街にはやけにうるさく響いたが、そんなことにかまってはいられない。格闘技に詳しい友人がいっていた。世界で最も優れた護身術は、短距離走だと。つまり、速く走って逃げるのが、何より安全なのだと。

近所の見知った家の前を通る。青山さん、恩田さん、古田さん、小黒さん、お向かいの今井さん、お隣の折江さん——。

ようやく我が家の玄関、その明かりが見え、表札が読めるところにきても、まだ典子は歩をゆるめなかった。

鍵を開け、ドアを入るまでは油断できない。

3

「あら典子、おそ……どうしたの、オバケでも見たみたいな顔して」

典子が玄関に入ると、すぐそこに母、晴枝《はるえ》がいた。風呂に入るつもりだったのか、タオルと着替えを持っている。

「あ、た……ただいま」

典子の意識はまだドアの外に向いていた。

すっぽりフードをかぶった人影。背のわりに体の幅が広かった。それでいて動きは素早い。太っているのとは違う印象を持った。

「どうしたのよ。変な子ね」

違う。変なのは自分ではない。

「あ、あの、い、今……」

「ただいま、でしょ。はいお帰り。あんた、夕飯は?」

「ち、違うの、今、なんか、変な人が」

「えっ」

晴枝の顔に厳しいものが走る。

今年六十歳になる痩せ型の晴枝は、それでなくともシワの多い、ちょっと魔女っぽい顔をしている。だから何か怪訝に思ったりするだけで、かなり凄みのある表情になる。

「ストーカー? 痴漢? 変態? 抱きつかれたのお尻触られたの胸触られたの写真撮られたの?」

だが頭の方は典子よりよほどはっきりしていて、言い合いをしてもやり込められることの方が多い。それはもう充分分かっているので、端から逆らったりもしない。

「んん、何も、されては、ないんだけど……」

典子がドアを背にしたまま答えると、

「んんもう、あんたはいっつもそう。昔っからそう。お父さんのガウンの色が変わっただけでオバケオバケって騒いでた頃とおんなじ。ちっとも成長しやしない。ほんと怖がりなんだから」

晴枝は「馬鹿馬鹿しい」という顔で廊下の奥の風呂場に向かった。

ただの怖がり。確かに、そういわれてみれば、そうかもしれない。

あの人影は、別に典子に何かしたわけではない。それまで振り返ったときに見えなかったのは、実際にいなかったからで、振り返ったときにいたのは、もしかしたら交わった路地から出てきて、つまり、典子の歩いた後ろを横断したからなのかもしれない。

こっちを向いていたのは、そう、典子が速足で歩いていたから、足音がうるさかったからなのかも。やけに体の幅が広かったのは、その理由は、分からないけれど。

晴枝が脱衣場から出てくる。

「いつまでそんなとこに立ってるの」

「ああ、ごめんなさい」

「ご飯は」

「んん、まだ。でもいい。自分でするから」

「いいわよ作ってあるから。サバの味噌煮だけど」

ちょっと、気分ではないメニューだが仕方ない。

「うん、ありがとう。いただきます」

ブーツを脱いで上がる。晴枝は直接キッチンに向かったが、典子はいったん隣のリビングに入った。脱いだコートとマフラーをソファの背に引っ掛け、時計を見る。九時五分前。テレビでも見たら、少しは気分が変わるだろうか。木曜日に見ていたドラマは、何かあっただろうか。

「あんた、奈良漬けは食べないね。出さないよ」

「うん。いい……大丈夫」

晴枝はちょっと、ドライな性格をしている。その顔立ちも合わせて、赤の他人にはとっつきにくい、冷たい感じ、あるいは意地悪な人と思われることが少なくないようだ。典子もいま初めて晴枝と出会ったなら、あまりよい印象は持たないだろうと思う。ただ長い間親子をやっているから、良い悪いもなくいられるだけだ。

だが根は決して悪い人ではない。ベタベタしたことが嫌いで、口から上の表情に乏しいのは確かだが、よく見れば可笑《おか》しいときはちゃんと笑っているし、あまり面白くはないけれど、ときには自分から冗談をいったりもする。

つまり、典子は晴枝にまったく似ていない。だがそれは当然だった。典子と晴枝は、実の親子ではない。

典子は八歳のときに火事で両親を亡くし、子供のいなかった君島夫妻に引き取られ、たった一人の姉とも別れて暮らすようになった。当時はこのドライな晴枝を恐れもしたが、次第に優しい面もあるのだと知るようになった。

また養父である君島憲一《けんいち》は晴枝とは正反対、典子を文字通り、目に入れても痛くないというほど可愛がった。物心ついて男女のそれを知った頃、憲一があまりに自分を可愛がるから、晴枝は嫉妬しているのではないか、それで自分に冷たいのではないか、と思ったこともある。だが、それは違った。晴枝の妹である叔母がいうのだ。

「姉さん、昔っからああいう人だから。子供の頃もね、年上の男の子と喧嘩して、一度も負けたことのない人だから……。女ばっかりの長女で、ほら、母親を早く亡くしてるから、なんていうんだろうね、自分がしっかりしなきゃって、小さい頃から思ってたんじゃないかしらね。あんまりあったかい感じ、しないかもしれないけど、典子ちゃん、勘弁してやってね。決して、悪い人じゃないから。情がないわけじゃないから……」

確かにそうだ。

典子が夜中に背中を掻き毟り、ベッドを血だらけにしたときも、慰めの言葉こそないものの、別にどうってことないという顔で、いつも学校から帰るまでには綺麗にしてくれていた。

それについて典子が謝ると、

「なんで謝るの。私は確かに、あんたの生みの親じゃないわ。でも逆にいえばね、あんたがそういう……まあその、肌が弱いってことは知ってて引き取ったんだから、分かっててあんたに、私たちの子供になってもらったんだから、謝る必要なんてこれっぽっちもないんだよ」

笑顔も優しい声もなかったけれど、そんなふうにいってくれた。

夜中に掻かないように、ひと晩中手を握ってくれていたこともあった。後ろから抱きしめて寝てくれたこともある。

「痒いのは、痛いのより我慢できないもんだよ。大人だってつらいんだから。こうやってあげるから、寝ちゃいなさい……私は、昼寝だってなんだってできるから」

朝起きると、晴枝の手が憲一のそれにすり替わっていたりしたが、それは晴枝が朝食の支度に起きたからであり、それまでは晴枝が握っていてくれたのだと思う。接し方としては憲一の方が各段に優しいし、分かりやすい。しかし、決して劣らないだけの愛情を晴枝は、典子に注いでくれた。そこに疑いの余地はない。

「いただきます」

サバの味噌煮、油揚げと豆腐の味噌汁、シソのたっぷり入ったたたき梅、今朝も食べたヒジキの煮つけ。晴枝は和食党だ。洋食が作れないわけではないが、肉より魚の方が圧倒的に出番が多いし、それを若い典子に合わせようとはしない。

「仕方ないでしょ。年寄りのところに養女にきたんだから」

晴枝は無理やり、実の親子のように振る舞おうとはしない。常に血の繋がらない親子であることを前提に、典子と接する。それを寂しいと思った頃もあるが、慣れもあるし、典子が晴枝という人間を理解できる年になってからは、特別なこととは思わなくなった。むしろ晴枝がこういう人だから、変な遠慮のない、気が置けない親子になれたのだと思う。

「どうだったの、病院」

晴枝が、テーブルの向かいで緑茶を飲みながら訊く。

「あ、うん……それ、ちょっと……相談したいことがあるんだけど、お父さんが帰ってからがいいかな、と思って」

「あらそ。じゃ私はお風呂入るわ。お父さん、今日は遅いっていってたから」

憲一はもう六十五歳。五年前までは私立大学の教授だったが、定年前に退官し、現在は知人の経営する学術系出版社でアドバイザーのような仕事をしている。

典子が夕飯を終えて洗い物をしていると、玄関ドアが開く気配がした。

「ただいま」

「あ、お帰りなさい」

濡れた手を拭きながら廊下に顔を出すと、憲一はいつも通り嬉しそうに笑みを浮かべ、改めて「ただいま」と典子にいった。この笑顔があるから、自分はこれまでやってこられたのだと思う。この世で自分を最も愛してくれる男は、これまでも、これからも、この君島憲一だろうとすら思っている。

憲一がリビングを見渡す。

「母さん、お風呂か」

「うん。もう出ると思うけど」

カバンを渡しながら、典子を上から下に見る。

「……どうした。着替えもしないで」

「うん。ちょっと、私も遅くなっちゃったから」

コートを脱ぐ手伝いをすると、憲一の匂いが鼻先をくすぐった。典子は昔から、憲一の背広の匂いが好きだった。

「そういや、病院、どうだった」

「うん。ちょっとそれで、相談があるの」

着替えるかと訊くと、風呂に入るからいいという。じゃあお茶はと訊くと、「いただこうかな」と答える。典子はキッチンに立ち、テーブルにつく憲一の気配を背中に感じながら緑茶を淹れた。

「あらお父さん、お帰りなさい。もっと遅いと思ったから、お風呂お先にいただきましたよ」

「ああ、ただいま。何か、典子が」

「うん、そうなのよ。この子、私一人にはいわないのよ」

「そ、そんなことないわよ」

典子が慌てて否定すると、晴枝が微かにニヤリとする。ちっとも笑えないが、これが晴枝流のジョークなのだ。

三人でリビングのソファに座り、点けっぱなしにしていたテレビを消し、典子は病院でいわれたことを説明した。

「……遺伝子治療？」

「何よそれ」

憲一の専門は経済だし、晴枝には主婦レベルの医療知識しかないので、やはり耳慣れない言葉だったようだ。

「うん。ステロイドも限界だって、野本先生はいうの。注射しようっていわないだけ、他の医者よりはマシだなって思ったんだけど。でもね、二ヶ月くらい、軽井沢の北の方の研究センターに入院しなきゃいけないらしいの」

晴枝が眉をひそめる。

「あんた、会社どうするの」

「うん、それが問題なの。私は正直、遺伝子治療を受けてみたいって思ってる。だって、今までは何やっても駄目だったじゃない。ステロイドだって漢方だって、結局は根本的な治療にはならなかったじゃない。遺伝子治療は、つまり、まあ私も詳しくは分からないけど、つまり細胞レベルから、もうこういう肌を作らないように治しちゃうものらしいの。……もちろん難しい技術だろうし、成功するかしないかは分からないけど、でも、今までの治療とは全然違うものだし、可能性はあると思うの。それにね、研究も兼ねての治療だから、お金はそんなにかからないだろうって」

「……金は、問題じゃないが」

憲一がはさんだが、典子は遮って続けた。

「それで、会社にはいってみたの。そしたら……まあ最悪、クビってのもなくはないだろうけど、一応、大谷さんは、上に話してみてくれるって」

これだけいうと、まるで大谷がもの分かりのいい上司のようだが、何も今セクハラまがいのやり取りを再現して聞かせることはない。

晴枝は憲一の顔色を窺い、憲一は腕を組んで考え込んだ。典子は改めて前に乗り出した。

「詳しいことはまた改めて聞いてくる。けど、私はやってみたいの。入院費用は、私も貯金がちょっとはあるから、それで間に合わせる。だから……」

憲一が腕組みを解く。

「いや、治療費の心配はしなくていい。会社だってね、入院も認めないようだったら、そんなところはこっちから辞めてしまえばいいんだ」

「ちょっとお父さん」

晴枝がはさんだが、憲一はゆっくりとかぶりを振った。

「いや、体の方が大事だよ。そりゃそうだよ、典子はこの世に一人しかいないんだから。確かにこの不景気の中、せっかく就職したんだからもったいないっていう気持ちはある。しかし、それと天秤にかけられる問題じゃないよ、これは。なんだったら、いま私がいっているところに紹介したっていい。給料は今よりか落ちるだろうが、典子だったら喜んで使ってくれるよ。

いやね、問題はそこじゃないんだよ。その遺伝子治療っていうのは、本当に心配のない技術なのか、ってことだよ。得体の知れない、といったら私が無知を晒すだけなのかもしれんが、治療が人体に対して根本的なだけに、これはちょっと間違ったら、とんでもないことになるんじゃないのかね。取り返しのつかないことになるんじゃないのかね」

それは、そうかもしれない。失敗したらどうなるかなど典子には想像もできないが、取り返しのつかない事態になる、というのはなんとなく感じる。それは分かる。

「でも、マウスとかで実験を重ねるって、それだから時間もかかるって、それから、患者に細胞を戻すんだって……」

「人間とネズミを一緒にはできんだろう」

晴枝がにわかに目を輝かせる。

「あらお父さん、ネズミの細胞ってのは、見た目より人間に近いんですってよ。テレビでやってたわ」

「お前はすぐそうやって、テレビテレビって」

「だって本は目が疲れるんだもの」

「テレビだって目は疲れるだろ」

「あっちが勝手に喋ってるのを聞くだけよ」

このやり取り、二人は一体何万回繰り返せば気が済むのだろう。それを小さな幸せのようにも感じるが、本題を忘れられては困る。

「でね、でね、急な話なんだけど、出発は来週の土曜日なのね」

「あらま、それはまたほんとに急ね」

憲一は、口を尖らせたまま黙っていた。

「それまでにもう一回、ちゃんと話を聞いてくるから、それでちゃんと報告するから、もちろんそれで納得できないようだったら、私だっていかない。取り消して、もうしばらく今までの治療を続ける。でも、納得できるようだったら、いってみたいの。遺伝子治療を受けてみたいの。実は……さっきお父さんがいったようなこと、私も大谷さんに、いっちゃったの。仕事は私じゃなくてもできるけど、私の体は私にしか治療できないの、って」

「あらま」

晴枝が口だけで驚く。

「あんた、そんなこといえるの。ずいぶん偉くなったものね」

「うん。自分でも驚いちゃった。ドキドキしちゃった」

晴枝は「でしょうね」と、また口だけで笑ってみせた。

「でもな……」

憲一は納得できないようだった。

典子はかぶりを振った。

「危ないようだったらいかないから。ちゃんと断るから。ね？　お父さん」

晴枝がちらりと覗き込む。

「今どきこんなこと一々、親に了解とる娘なんていないわよ。お父さん、ほら」

憲一が睨むように晴枝を見る。

「……お前は、賛成なのか」

「結論はまだってことでしょ。いま典子だってそういったでしょ。だったら今日は賛成でいいじゃないの」

こういうとき、グズグズいうのは決まって憲一で、スッパリ男らしく話を決めてしまうのはむしろ晴枝の方だった。ふと、この二人は互いの何がよくて結婚したのだろう、などと考える。もしかしたら前に、質問したことがあったかもしれない。どちらがどう答えたか、今は思い出せないが。

それでも典子に、憲一の立場を潰すような真似はできない。

「うん、分かった。じゃあ今日のところは保留、ってことで。私ももうちょっとちゃんと説明できるように、先生に詳しく聞いてくるから。それから報告するから。それならいいでしょ？」

典子が言い終えると、「はい、おしまい」と晴枝が湯飲みを片づけ始める。憲一も「じゃ、風呂、先にいいか」と典子に訊く。

「どうぞ。ごゆっくり」

答えると、コート、マフラー、上着とカバンを持った晴枝のあとを、憲一がついていく。その背中が、ほんの少しだが、典子には寂しげに見えた。

4

金曜日。野本に連絡を入れると、詳しい話だったら月曜にしましょうといわれた。外来診療の担当枠もなく、夕方からなら時間が作れるというのだ。

「分かりました。何時頃だったらよろしいですか」

『君島さんのご都合で。私は前後、合わせられますから』

「でも会社が終わってからだと、夜の七時頃になってしまうんですけど」

『かまいませんよ。どこにしましょうか』

どこに――。

典子はてっきり、診察室ではないにせよ、どこか病院内の空いている部屋で話を聞くものとばかり思っていたので、意外だった。何やらデートにでも誘われたような気がして、にわかに脈拍が速まる。

「あの、私は……」

それが勘違いであることは百も承知だが、野本と病院以外で会う、どこかで待ち合わせをして、最低でも喫茶店にくらいは入る。そういうことは久しくなかったものだから、ことさらに典子の胸は高鳴った。

野本先生は、よく患者を外に誘ったりするのだろうか。

そんな勘繰りまで瞬時に頭を駆け巡った。

しかし、

『あ、病院までいらしていただけるんですか。それなら、その方が私も好都合です。ご足労ですが、お願いします』

そのたったひと言で、今度は脈拍に急ブレーキがかかる。

勝手にドキドキして、勝手に落胆して、勝手に疲れている自分が、なんだかひどく惨めに思えた。

一月十七日月曜日。退社後に出向いた、夜七時の帝都医大。

診療時間はとっくに終わっており、昼間は外来患者で賑わう一階の受付周辺も、今は明かりを半分ほどに落としてガランとしている。むしろこの時間だと救患受付口の方が賑やかだ。

典子は自動ドアを入ろうかどうしようか迷った。野本は具体的にどこの部屋にきてくれ、とかはいわなかった。覗き込むと、明かりの灯った受付には警備員らしき制服の男が座っているが、彼に野本の居場所を訊くのは筋違いに思えた。かといって、個人的に連絡すべき電話番号も知らない。どうしたものやら。そんなことを思っていると、

「君島さん」

後ろの方から声がした。振り返ると、白く息を切らした野本が小走りでやってくる。いつもの白衣ではない。黒っぽいスーツ姿だ。

「あ、どうも……」

典子が頭を下げると、その目の前に野本の足が止まった。思ったより逞しい脚線だった。

「待ちましたか。よく考えたら、どこで待ってるとかいわなかったですもんね」

診察室で向き合うより親しみやすい気がするのは錯覚か。まあ、錯覚だろう。

「あ、いえ、私も、今」

「そうですか、よかった。食事、まだなんです。付き合っていただけますか」

「はい」

え――？

とっさに答えてしまったが、これは一体どういうことだろう。わざわざ病院にきたのに、病院では話をせず、やっぱり食事をするのか。野本と二人で、たとえばワインとかで乾杯したりして。何に乾杯？　それで、趣味の話とかしてしまうのだろうか。またにわかに脈拍が速くなる。

「……じゃないですか」

野本が何かいった。食事と聞いて動転していた典子は、すっかり聞き逃してしまった。

「え？」

「蕎麦、苦手じゃなかったですよね」

蕎麦？

洒落たフレンチレストラン。落ち着いた間接照明、赤いキャンドルグラス、ゆったりと流れるクラシックと黒服のソムリエ。が、ビールと蕎麦がき、剝き出しの蛍光灯、天井近くに据えられたテレビ、七時のニュース、かすりの半纏を着たおばちゃんというシチュエーションにすり替わっていく。あと蕎麦湯。

「……え、ええ、好きですけど」

「それとも、うどん派ですか」

「あ、いえ、お蕎麦で」

「それはよかった。近くに美味い店があります。案内しましょう」

「……はい」

今度の「はい」は、自分でちゃんと分かっていて答えた。それこそ気の抜けたビールのような、実に自分らしい返事だった。典子は自虐的に納得する。

野本は、やはり自分を女としてなんて見ない。別に蕎麦屋が悪いとはいわない。実際、典子だってよくいくし、どちらかといえば好きな方だ。でも、でもでも、何も初めて一緒に食事をする女性を、近場の蕎麦屋に案内することはないではないか。

女じゃない、か——。

典子は改めて否定しながら、野本の左斜め後ろをとぼとぼと歩いた。黙っていると、それでも、とまた妄想が膨らみ始める。

蕎麦屋とはいったが、実はちょっと料亭みたいな感じで、野本が暖簾《のれん》をくぐると、「いらっしゃいませ。ご案内いたします」とかなんとかいわれて、奥には縁側があって、座敷がいくつも並んでいて、こっそり野本は中庭の見える部屋を予約してあって、それで「いつもの」とかいうと、高い地酒が出てきて、典子が「飲めないんです」と断っても、「お猪口《ちょこ》に一杯くらいなら大丈夫でしょう」とか勧められて、「ええ」とかいってお酌してもらって、料理は懐石みたいに一つ一つ仲居さんが運んできて——。

「ここです」

しかし野本が立ち止まったのは、思いっきり普通の蕎麦屋の前だった。典子の家の近所、巣鴨にもありそうな構えの店。名前まで「更科」とオーソドックスで親しみやすい。でも、断じてお洒落ではない。

「ハイらっしゃいィーッ」

暖簾をくぐった野本がガラス戸を開けると、いきなり威勢のいい声が二人を迎えた。胴体のどこにもくびれのない体型の中年女性が、テーブルを拭く手を休めてこっちを向いている。

「あーら野本センセッ、今日はカノジョ連れかい。隅に置けないねェ」

手に持った台拭きで大きな口を隠す。

「違うよおばちゃん、患者さんなの。ちょっと話したいからさ」

「だったらこっちこっちこっちこっち。座敷使って、座敷」

案内された座敷とは名ばかり、別に個室でもなんでもない、ただの小上がりだった。逆にいい晒し者。見回せばさして広くもない店内に客が二人。夕刊を読むサラリーマン風が一人。テレビを見上げて焼き魚で一杯やっている職人風が一人。

「……てほしいなあ」

また野本が何かいったのを聞き逃してしまった。

「あ、すみません、なんですか」

「いや、是非ここではせいろを食べてほしいな、と。寒いからあったかいのにしがちですけど、蕎麦はやっぱり冷たくないと味が分からない。あとから蕎麦湯を飲めば、温まりますし」

「あ、はい」

「重ね、合鴨、意外にとろろも美味いし、天せいろもいいですよ。ここは天麩羅も自慢なんです」

「……はあ」

「天せいろにしましょうか」

「……あ、ええ」

「おばちゃん、天せいろ二つ」

「アイヨッ。あんた、天せいろニチョウ」

「エイッ、天せいろニチョウッ」

そんな大声で喚《わめ》かなくても分かるだろうに。だが、典子はなんだか可笑しくなってきた。この無理やりなノリが、この垢抜けない店を支えているのかな、と考えたら、不思議とすべてが許せてくる。

「……あ」

なんだろう。急に野本が驚いた顔をした。

「は、何か」

「君島さんが笑ったの、初めて見ました」

そういって、自ら笑みを漏らす。

「え、そんなこと、ないですよ」

「いや、初めてですよ。なんか、嬉しいな」

照れたように肩をすくめる。今夜は、何か野本が別人のように見える。むしろ、そういうことをいいたいのは典子の方だ。

「野本先生だって、いつも笑ったりしないじゃないですか。私だって野本先生が笑ったの、いま初めて見ましたよ」

なんか別人みたい、と付け加えると、野本は長い息をついた。まるで、肩や胸辺りに溜まっていた何かも吐き出そうとするかのように。

すとんと背中を丸めた野本は、病院にいるときほど恰好よくはなかったが、逆に親しみは持てた。

「笑わないように、してるんです。外来の診察では」

「どうしてですか」

「だって、嫌らしいでしょ、ヘラヘラしてたら。特に君島さんみたいに若い女性は、ただでさえ嫌だと思うんですよ、男の医者。だから、僕は男なんかじゃありませんよ、ドクターという機械ですよ、って、半ば自分に言い聞かせながらやってるんです。もう最近はそんなに意識してないですけど。じゃあそれも、板についてきたってことかな……」

一枚、野本を覆っていた膜が剥がれ落ちたように見えた。自分はまったく、野本和明という人間を分かっていなかった。誤解していた。それが今は、むしろ嬉しい。

「じゃどうして、今日は笑うんですか？　何か、いいことでもあったんですか」

すると、野本は寂しげに首を傾げた。

「別に、いいことなんて何もないですよ。むしろ、逆じゃないかな。君島さんは近々、僕の担当ではなくなります。センターにいってしまえば、君島さんはもう、僕の患者じゃない」

それ、って――？

言葉の意図を計りかね、典子が黙っていると、野本は続けた。

「僕はね、本当に申し訳ないと思っているんです。結局、何もできなかった。センターへの入院を打診するなんて、つまり僕の手に負えなくて、サジを投げるわけですから……本当に、すみませんでした。お役に立てなくて」

角の塗りが剥がれたテーブルに手をつき、野本が頭を下げる。

「や、やめてください。私、そんなふうに思ってないですから」

「いや、でも結局は、そうなんです。申し訳ない」

「いえ、先生……」

すると、

「ハイハイ、痴話喧嘩ならよそでやっとくれ。天せいろお待ちどうさん」

おばちゃんが両手に持った角盆を差し出してくる。典子たちは一瞬目を合わせたが、それぞれ苦笑いで受け取った。

「いや、痴話喧嘩じゃないんだよ、おばちゃん」

「そうですよ……」

「あらそうかい？」

丸い拳を腰に当てる。

「あんたたち、とってもお似合いだよ。よく見りゃカノジョ、あんた、なかなかの別嬪《べっぴん》さんじゃないの」

カノジョ？　野本先生と、お似合い？　別嬪——？

「あーらかーわいーの。赤くなっちゃったよ」

「ちょっとおばちゃん、からかわないでよ、そういうんじゃないんだから」

「いいじゃないのさ、そんなんじゃないことないってのよ。あたしの目に狂いはないよ」

「ちょっと」

おばちゃんは笑いながら去っていった。

「君島さん？」

申し訳ないが、すぐに何か答えることはできそうにない。

「あの、もしかして……怒ってます？」

そのとき自分がどんな顔をしていたのか、典子には分からない。ただ、そうと知らずに強い酒を飲んでしまったときのように、顔がカーッと熱くなり、意識がぼんやりし、言葉が耳に入ってても理解できない状態にあるのは、なんとなく自覚していた。

だろう。
本当に、冷たい蕎麦にしておいてよかった。熱い蕎麦だったら、きっと舌を火傷《やけど》していた
典子が正常な思考能力を取り戻したのは、天せいろのほとんどを食べ終わる頃だった。

「あの、君島さん、大丈夫ですか？」

「……それは、当然だと思います。治療の内容が分からなければ、ご両親も不安でしょう。
実は私も、ちゃんと説明できるように、ある程度は勉強してきました。ですから、今日は
多少、納得していただけると思います」

熱い緑茶をもらい、二人はぼつぼつ本題について話し始めた。その段になって典子は、
さっきまで野本が自分のことを「僕」といっていたこと、今はまた普段通りの「私」に戻
っていることに気づいた。明らかに雰囲気が、診察室のそれになっている。

「まず『遺伝子』ですが……細胞には『核』というものがあります。その中には『ゲノ
ム』という、染色体の集まりがあります。四十六本が二本ひと組、二十三組の染色体のペ
アが、ゲノムです。なんか一本一本はバツ印みたいな感じなんですが、それをですね、毛
糸の玉を引っ張るみたいに、ぴーっと伸ばすと、一本の線になるんです。それが『DN
A』です。正式には……『デオキシリボ核酸』というそうです。略して、DNA」

野本は手元に手帳を広げている。そこに説明に必要な用語や図が書いてある。丸い細胞の図、中に核があり、その中にゲノム、それぞれが染色体、バツ印、伸ばして糸状になったＤＮＡ――。とても覚えられそうにはないが、どんどん話題が小さな方、小さな方に向かっていっていることは、典子にも分かる。

「このＤＮＡは、見たことあるでしょう、こういう二重螺旋になっているんです。この間をですね、『塩基』というものが繋いでいます。ここですね……。これがずーっと、ぴっぴっぴっぴって……。

で、この塩基はＡ、Ｇ、Ｃ、Ｔ、四種類あって、まあこれも略なんですが、アデニン、グアニン、シトシン、チミン……あ、覚えなくてもいいですよ。とにかくＡ、Ｇ、Ｃ、Ｔです。で、ＡはＴと、ＧはＣと必ずペアになるもので、それがこう、ずらずらずらーっと連なっていくのが、いわゆる『塩基配列』です」

いわゆる、といわれても、典子はほとんど初耳だ。

「この塩基配列はですね、見る人が見ると、意味が分かるんですよ。もちろん、私にはさっぱりですが。どっからどこまでが一つのグループになっていて、これこれこういうタンパク質を作ると、分かるらしいんです。そしてこの、タンパク質を作る機能を持っている部分を、『遺伝子』というんです……ああ、長かった」

思わず典子が笑うと、野本も同じように笑った。

しかし医者というのは、自分の専門以外は分からなくてもいいものなのだろうか。まあ、きっとそのために総合病院はあるのだろうが。

「さて、この遺伝子ですが、いろんな遺伝子が、いろんなタンパク質を作ります。それぞれ体の部位に合った、必要なタンパク質を、必要な分だけ作ります。しかし、これが何かの間違いを起こしてしまったら、どうなるでしょう」

いきなりクイズか。典子に答えろというのか。

「……病気、ですか」

「そう。君島さんは呑み込みが早い」

いや、基本的には医者と患者なんだから、私にだってそれくらいは分かりますよ、と思いはしたが、いわずにおく。

「最も分かりやすいのは『ガン』ですね。原因は様々ですが、遺伝子は傷つくと、デタラメなタンパク質を作ってしまいます。これが細胞のガン化です。しかも増殖のスピードが速く、挙句に延々と増え続ける。普通の細胞にはある程度のところで分裂を終える機能、アポトーシスという自殺機能があるんですが、ガンにはそれがない。だからガンは困るんです。……まあ、今現在、遺伝子治療でガンを完治させるところまではいってないですが、それも遠い話ではないんじゃないかと思いますね。私なんかは……。

そしてこの、遺伝子の働きですが、たとえばマウスの、ある一つの遺伝子を壊して、体内に戻すとか新たに子供を産ませるとかして、その機能の欠如を観察すれば、壊した遺伝子がどんな機能を担っていたか分かりますよね。そうやっていけば、比較的簡単に一つ一つの遺伝子の役割は解明できるんです。比較的、ですけどね。

しかし、この方法は人間には応用できない。そりゃそうですよね、一々そのために誰かが犠牲になっていいなんて法はないわけですから。まあ、マウスにとっても迷惑な話ではあるんでしょうが。

ですから人間の場合は、すでになんらかの疾患を抱えている人に、その遺伝子を見せてもらうしかない。……もう、お分かりになってきたでしょう」

典子はこくりと小さく唾を飲み込んだ。

「……はい」

「君島さんは、ただ治療をしにいくんじゃないんです。同時に、遺伝子を分析させてあげる、ということでもあるんです。治療費がさしてかからない理由は、ここにあります。ちょっと長くなりましたが、その部分については、ご理解いただけたかと思います」

「……ええ。なんとなく」

なるほど。自分は奇妙な病気の、貴重なサンプル遺伝子を持っているというわけか。しかし、疑問はまだある。

「あの、それで具体的に、治療というのは」

野本は「はい」とひと呼吸置き、ぬるくなった緑茶をひと口すすってから始めた。

「最初はやはり、その君島さんの遺伝子の分析ですね。健常者の遺伝子というのは、つまり塩基配列はもうほぼ解析されていますから、それと照らし合わせて、疾患の原因になっている遺伝子を見つけるわけです。それが生半可な作業でないのは、さっきの説明でも想像できますでしょう。なんせヒトゲノムには、三十億もの塩基対があるそうですから。しかも塩基対の約九十五パーセントは、機能していないそうなんです。つまりタンパク質を作らない、意味不明な部位が大部分を占めている。ただ健常者の機能していない部位に、疾患の原因があることも考えられるわけで、それもまた気の遠くなる話ですよね。とにかく、疾患の原因となる遺伝子が見つかれば、あとは動物実験で確かめて、今度はそれを修復したものの実験をして、それを繰り返して、効果が確認できたら、なおかつ安全だとなったら、君島さんに戻すわけです」

そこまでの話で、ある疑問を抱いた。

「あの……その研究とか分析をしている間って、私がいなきゃいけないんでしょうか」

野本が、驚いたような顔で典子を見る。

「は？」

「あ、いえ、あの、遺伝子だけ差し上げて、私は東京に帰ってきては、いけないんでしょうか」

するとと野本は、腕を組んで考え始めた。

「それは、どうなんでしょう……それは何か、きっと不都合があるんじゃないでしょうか。そもそもセンター側は、君島さんの病状も詳しく分からないわけですし、そういう症状の観察も、きっと重要なんじゃないでしょうか」

「はあ……なるほど」

ついでだから、もう一つ訊いておこう。

「それとですね、別に嫌だってわけじゃないんですけど、その治療って、どうしても軽井沢じゃなきゃできないんでしょうか」

また野本が考え込む。

「それ、ですよね……私はその、東京という環境から離れるのがそもそもの目的でもあると、そういう説明しか受けていないんですが。まあ実際にですね、向こうで二週間も寝起きすると、表面的な快方ではないんですが、少なくとも遺伝子上の働きに変化が現れる場合もあるそうなんです。そうなると、遺伝子の問題というよりは、むしろ環境だろうということで、変な話、入院が中断されるそうなんです。東京に帰されてしまう……。

そういう患者さんは、あとはどうしたらいいんだろうと、私はその方が心配なんですよ、実は。せっかく新しい治療を受けられると思ってはるばる出向いても、遺伝子治療の対象ではないと帰されてしまう。じゃあその生活習慣を根本的に見直して、たとえば東京から離れられるのか、というと、そういう方ばかりじゃないですからね、実際は。

ただ、君島さんに関しては、ある程度確証があるというか、似たような症状の方が入院していて、研究対象として治療も受けていることが分かっているんです。患部の写真とかも送ってもらったんですが、よく似ていました。部位は違いましたけどね。ですから、その点は大丈夫だと思っています」

典子はその後も、治療の安全性について長い講義を受けた。

途中で、蕎麦屋でする話ではないような気もしたが、おばちゃんが嫌な顔一つせず、お茶を入れ替えてくれたり、りんごを剝いて持ってきてくれたりしたので、ついつい甘えて長居してしまった。

結局、絶対に安全だとは言い切れない、と結論付けざるを得ないようだった。だが、絶対に安全な治療などあるだろうかと考えると、それもおそらく、ないのだ。つまり、この治療に賭ける気があるのか、ないのか。最終的には本人の意思次第、というのはどの治療も同じようだった。

「じゃあ、お願いします」

典子の肚《はら》は決まり、そう返事をした。このままグズグズ軟膏治療をしたところで、進展がないのは分かりきっている。それだったら、思いきって新しい治療に挑んでみたい。

「そうですか、よかった。僕も勉強した甲斐がありました」

野本の熱意も、この決断には大きく作用していた。彼自身は担当ではなくなるのに、わざわざ勉強までして説明、説得してくれた。

そして、遺伝子治療の話が出るまでは感じたことのなかった、野本に対する親しみ。もしかしたら、それが一番大きいのかも、と思わなくはなかったが、典子はあえて、その答えを自分では見つけないようにした。

第二章　生存

1

「……さん……こさ……子さん……り子さん、典子さんッ」

誰かに名前を呼ばれている。

あまり馴染みのない、鼓膜を刺す、甲高い、少女の声。

「典子さんッ、しっかり、しっかりしてよッ」

痛い、痛い。どこが痛い？　頭の、後ろの方。後頭部が痛い。頭痛ではなく、ぶつけたみたいな、打身《うちみ》の痛さ。

「典子さん、典子さん典子さんッ」

肩を揺するのは誰。そのたび、頭に痛みが走る。

「典子さん、お願い……しっかりしてよォ」

なんだか、寒い。とても寒い。自分は一体、今、どういう状態なのだろう——。

典子は重たい瞼を眉で引っ張り上げ、なんとか目を開けた。

「……ん……ん」

「あ、典子さん、典子さん典子さん典子さんッ」

ぼんやりとした視界が、次第に焦点を結び始める。

薄暗い、何か、とても窮屈な場所。目の前の人がこっちを見て、必死に呼び掛けているのは分かる。女の子。ショートカットで、ぽっちゃりとした、色白の子。ずいぶん着膨れしている。まるでこれからスキーでもしようか、という恰好だ。そう、それくらい、ここは寒い。

「分かる？　典子さん、分かる？」

背中が、何か硬い物に当たっている。でもそんなに冷たい感じじゃない。しかも丸みがある。寄り掛かっていると、ちょっと楽。

「典子さん、私よ、分かる？　私、トモカ。ねえ、しっかりしてッ」

トモカ。どこかで聞いた名前だ。トモカ、ともか、友香という名の女の子。高校生くらい？　あの、一緒に——入院？

「ん……ンアッ」

典子は体を起こそうとして、いきなり右耳の後ろ辺りに鈍器を押し当てられるような痛みを覚えた。

「大丈夫？　どこ？　怪我してるの？　血は、どこも出てなさそうだけど」

「あっ……い、いたっ」

思わず、典子は痛みの場所を撫でた。手に血はつかなかった。だが内出血くらいはしているのかも。そんな痛みだ。

加えて右肩、瑕の周りもぴりぴりと痛い。二、三ヶ所、裂傷になっていると思う。おそらく、Tシャツを濡らすくらいの出血にはなっている。

正面を見る。

友香――。

ようやく思い出してきた。自分たちは、北軽井沢の遺伝子治療研究センターに向かう途中、乗った車が雪道で制御不能に陥り、道を外れたのだった。

どうやら、まだあの車の中にいるようだった。だが、横転して車体右側が下になったのか、いま典子の真上には車体左側の窓がある。背中を預けているのは、なんと天井だ。

「……よかったぁ。私、私」

すぐ横にいる友香は、中央シートの背もたれと後部座席にはさまる恰好で、典子を心配そうに見ている。見る見るその目に涙が溜まっていく。

「……典子さん」

「友香ちゃん」

典子は、抱きついてくる友香をそのまま受け止めた。この様子からすると、どうやら意識を取り戻しているのは友香だけのようだった。この状況で一人、最初に意識を取り戻すというのは、さぞ不安だっただろう。典子は体中に感じる打身より、友香の体から伝う震えに胸が痛くなった。

改めて、辺りを見回す。

一つ手前の席、友香が背にしている中央シート、その窓——、

「んむっ」

思わず、典子は喉元に込み上げるものを手で押さえ込んだ。

「見ない方が……いいよ。見ない方が……」

もう遅い。

血みどろの物体が目に入ってしまった。

たぶん、典子の前に座っていた三十代の男だ。彼は割れた窓から外に出ようとするよう

に、車内に下半身を残している。しかし、その窓の外は黒く濡れた地面。つまり彼は、倒れた車と地面にはさまれる恰好で、上半身を——もう、それ以上は想像もしたくない。

意識して見ないよう心掛け、今度は車体前部に目を移す。

運転席は、ほとんど潰れてなくなっていた。典子は車が道から外れた瞬間のことを思い出した。運転席の真正面に迫っていた太い幹。粉々に砕けるフロントガラス。その後に遠ざかっていった、真っ黒い樹皮。あの瞬間、すでに運転していた医師の命はなかったのかもしれない。

だとすると、野本は？　もう一人いた男は？

それを問おうとしたとき、

「キャッ」

「はっ」

左の方、車が正常な向きにあれば後方、誰かが崩れた荷物の向こうの窓を叩いた。

「おォい……気が、ついたかァ」

苦しげな男の声。だが、残念ながら野本ではない。ということは、典子の斜め前に座っていた、あの男か。

「助けてくださいッ」

友香が叫ぶ。典子も慌てて声を出す。

「二人です、二人いますッ」

「どうした……怪我、してるのか」

思わず友香と顔を見合わせる。友香がかぶりを振る。典子も打身はひどいが、背中も切れていたが、怪我というほどではない。

「大丈夫です、怪我はしてません」

「だったら……さっさと自力で出てこいッ」

怒鳴ることはないと思うが、確かに、彼の言う通りだ。

「友香ちゃん、いける？」

「うん。ちょっとヒザ痛いけど、大丈夫。いけると思う」

二人は互いに隙間を融通し合いながら、地面に面している窓を床にして立ち上がった。

前方に目を向けると、助手席のヘッドレストから外れた位置に黒い頭髪が覗いていた。シートベルトをしたまま力が抜けたような恰好。野本だ。同じ向きに垂れている白い布、あれは、空気が抜けたエアバッグか。だとすると、野本は無事かもしれない。意識はなさそうだが、生きている可能性は決して低くない。

「あそこから出るしか、ないのかな」

友香が示したのは中央シートの左側、つまり今の天井だ。外から声をかけた彼が出たのだろう、スライドドアが半分開いている。しかしそこから出るには、いったんは中央シートに移らなければならない。そこには男が一人、潰れて死んでいる。もし手でもすべらせて死体に乗ってしまったら。そう考えると足がすくむ。

そのとき、ガチャッと何かが外れる音がした。外の男が、車体後部のハッチを開けてくれたようだった。途端に空気の流れができ、刺すように冷たい風が吹き込んでくる。

「ちくしょう、これしか開かねえ。岩に当たっちまう。出られるか、これで」

見ると、幅は約四十センチほど。少し荷物をどければ、自分と友香なら充分通れそうだ。

「うん、ありがとう。出られそう」

典子はいいながら、片寄った荷物の山を崩してさらに隙間を作った。

「ほら、友香ちゃん」

友香は頷き、早速ヘッドレストを足掛かりに、縦になった後部シートをよじ登り始めた。患者四人の荷物はほとんどが衣類なのだろう、友香の足はずぶずぶと沈んだが、かえって間口は広がって出やすくなった。

上半身が出ると、向こうで男が手を貸してくれたのか、友香の下半身はするすると向こう側に抜けていった。

典子は自分が座っていた辺りから、すっかりぺしゃんこになったダウンジャケットを拾い上げた。袖を通し、すぐ友香に続く。

ヘッドレストに足を掛け、シートをまたぎ、できるだけ荷物には乗らないよう体を向こうに運ぶ。ハッチバックの扉に手を掛けて外を覗くと、確かに大きな岩があった。それを踏み台にし、一気に体をくぐらせる。外で男が手を出してくれるかと思ったが、なぜかそれはなかった。

でもとにかく、無事外に出られた。

岩から下り、辺りを見回すと、男はちょっと離れた地面に尻餅をついていた。痛そうに肘を抱いており、寄り添う友香が心配そうに覗き込んでいる。

「……お怪我、なさったんですか」

駆け寄ると、彼は歪めた顔を典子に向けた。

「なさったんです、よ」

なるほど。彼の口の利き方が乱暴だったのは、怪我の痛みを堪えていたからなのか。

「大丈夫ですか」

「大丈夫なわけ、ねえだろ……折れてっかもな」

怪我をしたのは左。まったく動かさないのは痛みがひどいからか、それとも本当に動かすことができないのか。

典子は短く息をつき、車を振り返った。

完全に横向きに倒れた車体。ここはカーブした道にぐるりと囲まれた谷底。左の方が高くなっている。つまり、典子たちは右から上ってきて、左にカーブして、それで転落したことになる。くぐってきたはずのトンネルは見えない。

見上げても、空は見えない。頭上にあるのは、雪の積もった木の枝と葉だけだ。地面は多少ぬかるむ程度で、雪はほとんど落ちてこない。そのため、明かりもあまり届いてこない。大きく太い木々の向こうに覗く道の白さとは、まったくの別世界だ。

「……あッ」

典子は急に野本のことを思い出し、思わず車に駆け寄った。その途端、

「おい、危ねえぞッ」

彼が怒声をあげた。

「グラグラしてんだ。迂闊《うかつ》に触ると倒れてくっぞ」

だからといって、野本を放っておくわけにはいかない。

「まだ、中にいるのよ」

「どうせあとは死んじまったよ」

「そんな……」

それでも、典子は足を止めなかった。

「よせよ、危ねえって」

「典子さんッ」

二人が背後で怒鳴るが、典子は無視して進んだ。

車体の黒い腹を右に見ながら前に回り込む。割れたフロントガラスが目に入る。内部から見たときより破損はひどくないように感じた。そして、運転席の、隣。

「……先生ッ」

彼は、顔色こそ真っ白だったが、特に大きな外傷を負っているようには見えなかった。車体も助手席側はほとんど壊れていない。きっと気を失っているだけだ。野本は生きている。

よく見ると顔には細かい切り傷がある。何かで見たことがある。エアバッグはハンドルやダッシュボードを破壊して跳び出てくるのだから、破片がどうしても顔などを傷つけるということは、逆にエアバッグは正常に作動したと考えていい。つまり、野本は無事である可能性が高い。

「典子さん……」

いつの間にか、友香がすぐ近くまできていた。

「友香ちゃん、野本先生、大丈夫よ。きっと気絶してるだけよ」

「……ほんと？」

友香の顔がにわかに明るくなる。間もなく、その後ろに男も追いついてくる。

「どうだ」

「うん、たぶん大丈夫。気絶してるだけだと思う。なんとかして、助手席の窓から引っ張り出そう」

だが、彼の反応は鈍かった。

「……っつってもよ」

自分の腕を見る。

「俺はこの通りだ。引っ張り上げるのは無理だぜ」

すると、友香が割って入ってきた。

「私、やってみる」

「え、駄目よ、友香ちゃんは」

「あの上に乗って、窓から出すんでしょ。典子さんより、私の方がきっと体重軽いし。怪我もしてないし」

「でも友香ちゃんじゃ、野本先生を引っ張れないわよ」

「じゃあ、他にどうすんの……」

友香が男を見る。彼は依然、汚い物でも見るような目を野本に向けている。

「なんだよ……お前ら二人でやれよ。俺は当てにすんな」

友香が泣きそうな顔をする。だが、典子まで一緒に泣いてはいられない。

「分かったわ」

典子は改めて車の状態を眺め、左側の屋根から登るよりも、右側のタイヤを伝って登る方が安全だろうと判断した。

歩み寄り、チェーンの巻かれた冷たいタイヤに手を掛ける。すると、

「あんた、バカじゃねえの」

また男がいった。

「……何よ」

俺は怪我人だ、当てにするなといった挙句、救助に向かう人間をバカ呼ばわりとは、一体どういう神経をしているのだろう。

典子はタイヤから手を放し、何か言い返してやろうと睨んだ。が、彼は動じず、ゆらりとフロントガラスを指差した。

「前、全部割って、そっから出せよ。どうせ廃車なんだし、持ち主も文句いいやしねえって」

それは、確かに。その通りだ。

典子は口を尖らせながらも、頷かざるを得なかった。

「アベ。アベシュウイチ。あんたは」

野本を助手席から救出し、荷室に放り込まれていたダウンジャケットを着せていると、背後からそう聞こえた。

自己紹介をし合う気分ではなかったが、これからは彼にも役に立ってもらわなければならない。名前は知っておいた方がいい。こっちも、いつまでも「あんた」呼ばわりでは気分が悪い。

「君島、典子です」

「……ああ、典子さんね」

彼、シュウイチの物言いには、常に人を小馬鹿にした響きがあった。目つきはチンピラじみていて、ふて腐れた感じがする。が、着ているものは意外に上品で、手編みのニットも茶色のスラックスも一見して安物ではないと分かる代物だった。グレた御曹司《おんぞうし》、といったところだろうか。

「なに、あんたら知り合いなの」

シュウイチが典子たちを見比べる。

まだ続く「あんた」呼ばわり。自己紹介の甲斐はなしか。

「いいえ。今日知り合ったばかりよ」

「あっそ。そっちは」

シュウイチが目で促す。友香がきょとんとすると、名前だよ、とせかされる。

「あ……村井、友香」

声が震えているのは寒さのせいか、シュウイチに対する怯えか。友香は野本の右手を袖に通しながら、典子に助けを求めるような視線をよこした。

「とにかく、救助を呼びましょう」

典子がいうと、次にすることができた安堵か、友香は素早く胸のポケットに手をすべらせた。真っ赤な花柄の携帯電話を取り出し、でもすぐに眉をひそめる。

「駄目だ、圏外……」

「あ、ほんとだ。俺のも駄目だ。あんたのは」

シュウイチが目で促す。典子も自分のを出してみたが、なんと、電源が入っていない。

「あれ、どうしたんだろ」

改めて電源を入れようとボタンを長押しするが、反応がない。電池をいったん外して再度試みたが、結果は同じだった。

「駄目。壊れちゃったみたい……」

シュウイチは、ケッ、唾を吐く真似をし、

「じゃあ、こいつのはどうだ」

いきなり寝転んだ野本の胸や腰の辺りを探り始めた。

「ちょっと、やめなさいよ」

シュウイチの、野良犬じみた目が典子を射る。

「何いってんだよ。こんなときに、他人の携帯もテメェのもあるかっつーんだよ」

シュウイチは躊躇《ちゅうちょ》なく野本のポケットに手を突っ込んだ。携帯があったのか、抜き出そうとぐいぐい引っ張る。気を失った野本の頭が力なく揺れる。ひどく、惨めな様だった。

「あったあった……あ、これも駄目だ」

シュウイチが取り出したそれは、もう二つ折りのジョイント部分がへし折れてずれていた。シートベルトか何かで潰れてしまったのか。シュウイチはそれを背後に放り投げた。やることなすこと、いちいち腹の立つ男だ。

「しゃあねえな。どっかに助けを呼びにいくか」

だが一方で、シュウイチの提案はいちいちもっともだった。それがまた癪に障る。

「……どっかって、どこに」

「さっき俺が訊いたろ、あとどれくらいだって。あれから一回、道を間違えたよな。それは差し引くとしても、そっからまた十分くらいは走ってる。あいつのいうのが正しかったとしたら、この道を車で五分かそこらいった所に、センターはあるはずだ。歩けば、そうだな、十五分か二十分。どうせ曲がり角なんて大してありゃしねえ。上ってきゃ分かるさ」

シュウイチは斜面に向かった。

「ちょっ、ちょっと待ってよ」

とっさに出た声だったが、まったく理由がないわけではなかった。

シュウイチを知らせに出して、その帰りをただ待つという状況はどうにも耐えられない。そこまで、典子はこの男を信用できない。どうせ知らせを出すなら、自分か友香のどちらかにしたい。

「なんだよ」

「私たちはどうなるの」

「こいよ、一緒に」

「いけるわけないでしょ。野本先生を置いて」

「看病は一人でいいだろ。どうせなんもできゃしねえだろうが」

「熊に襲われたらどうするのよ」

すると、シュウイチは腹を抱えてひとしきり笑った。

「……バカじゃねえの……熊は冬眠中だよ」

でも、典子は真剣だった。シュウイチとの間に生じる感覚的なズレは、もはや苛立ちを通り越して怒りに近い。

「私はもしもの話をしてるのよ」

「知らねえよ。俺がここにいたって、熊が出たらお手上げだよ。せいぜい死んだふりするくらいだろうが」

「他にも何が起こるか分からないわ」

「そんなの俺にだって分かんねえよ」

「でも、あなたはここに残って」

「ハァ？」

また、シュウイチが小馬鹿にした顔をする。

「なんでだよ」

「とにかく、あなたはここに残って。知らせにいくだけなら、私だって友香ちゃんだっていいはずでしょ。でもここには、あなたにしか、男の人にしか対処できないことが起こる可能性があるの。だから、あなたはここに残って」

すると一瞬、友香が典子を見やり、不安げに目を伏せた。何かいいたそうだ。なんだろう。友香にも発言の機会を与えるべきか。

「どうかな、友香ちゃん」

友香は答えない。何かいいたいけれどいえない、そんな感じだ。

「知らせにいくのと、ここに残るの、友香ちゃんはどっちがいい？　それとも、この案には賛成できない？」

まだ黙っている。でも、乞うように典子を見てはいる。

「どっちでもいいわよ。いきたい？　残りたい？」

友香は声には出さず、口の形で何か示した。

「ん？」

もう一度繰り返す。

の、い、れ？　いや、と、い――ああ、トイレか。

　この手のことを、子供じみた羞恥心と笑ってはいけない。そうか。よく分かった。ならば、自分が残ろう。

「じゃあ、友香ちゃんに、いってもらおうかな」

「でも、ちゃんといけるか……分かんない」

「それは、誰がいっても同じだよ。誰もいったことないんだから」

「……うん」

「おいおい、勝手に決めんなよ」

　シュウイチが一歩踏み出す。友香の両肩が、ひゅっと縮こまる。

「仕方ないでしょ。男の人はあなただけなんだから。いざってときに頼れるのは、あなただけなんだから」

　そういって、しばし睨み合うと、

「……分かったよ。残りゃいいんだろ。残るよ。ええ、残らせていただきますよ」

　意外にも、シュウイチの方から目を逸らした。

　ひょっとして、「頼れる」といわれたのが、ちょっと嬉しかったのだろうか。

「典子さん、いくつ」

友香が出発してから、二人はしばらく黙っていた。シュウイチは五本も六本もタバコを吸っていたが、やがてそれにも飽きたか、唐突にそう切り出してきた。初めて名前で呼ばれた。

しかし、なぜいきなり年を訊くのだろう。どうして年なんて知りたいのだろう。なんで苗字ではなく、下の名前で呼ぶのだろう。

「別に、いうのが恥ずかしいほどの年でもねえだろ」

まったく、いちいち癪に障る奴だ。だが黙っていて、三十を過ぎているように思われたらなお癪なので、「二十三」と短く告げた。

「へえ、いっこ上なんだ」

「えっ？」

まさか、年下だったとは――。

不精《ぶしょう》ヒゲを生やしているせいだろうか、なんとなく年上だと思い込んでいたが、そう思って見れば目の周りや手の甲、露出している肌の感じは若い。こういう勘違いで年の上下が逆転すると、案外ショックだったりする。

だが顔には出さない。この話題が続くのは嫌だし、そもそもこの男と会話などしたくはない。不躾《ぶしつけ》で、図々しい、典子が最も嫌いなタイプだ。

「あんたなに、この先生とデキてんの」

シュウイチが野本を鼻先で示す。野本と、自分が、デキてる？　そう、こういう男は平気でその手のことを口にするのだ。典子は内に湧いた嫌悪感を意識して表情に出した。

「そういうお話、したくありません」

「なに気取ってんだよ。こいつを引っ張り出すときのあんたの顔、えっれーマジだったぜ。この寒いのに、真っ赤になっちゃってさ……けっこう、色っぽかったぜ」

外気の冷たさとは別に、典子は体の芯から滲み出す不愉快に震えた。骨の中を、毛虫が這っていくような不快感だ。シュウイチの言葉には、聞くだけでこっちの体が汚されるような嫌らしさがある。この話題が続くと、野本も自分も汚される。典子は厳しくいって黙らせようとシュウイチを睨んだ、そのとき、

「……あ」

白い坂道の向こうに手を振る影、友香の姿が目に入った。襟に備えられたフードを出してかぶっている。

「はえーな、おい」

シュウイチはつまらなそうに呟いたが、典子は立ち上がり、斜面に走り出した。

「友香ちゃん」

「典子さァん」

トイレを借りて身軽になったか、友香は出発時より元気に見えた。木々に手を掛けながら、土の斜面をずりずりすべってくる。途中で典子と手を取り合う。

吐く息は真っ白だ。

「……変なの。誰も、誰もいないの」

「え？　いない、って」

「研究センターに」

「じゃあ、センターには、いけたの？」

友香が頷く。典子は続けた。

「センターにはいけたのに、誰もいなかったの？」

また頷く。

「留守、ってこと？」

今度はかぶりを振る。

「分かんない。でも、誰もいないの」

「じゃ……トイレは？」

友香は照れか笑みを漏らし、典子の耳に口を寄せてきた。

「……我慢できなくて、途中でしちゃった」

「おい、なにヒソヒソやってんだよ」

シュウイチが背後に迫る。友香の態度がまた萎縮する。元気になって見えたのは、単にシュウイチの存在を忘れていたからか。

典子はシュウイチに向き直った。

「誰も、いないんですって」

「いないって、どういうこったよ」

友香と平地まで下り、三人で輪になる。

友香が唾を飲み込んで始める。

「分かんない。でも、すいませーんっていっても、誰も出てこないの。電気も点いてなくて……あ、でも暖房は点いてたのかな、玄関はあったかかった」

ということは、中には入れたわけだ。

「どんなとこ？　近いの？」

「うん。けっこうすぐ近く。なんか、こういうところにある美術館とか、そういう感じ。コンクリートの四角い建物で、入ると広いロビーみたいなのがあって……病院、って感じじゃなかったな。上まで、三階くらいまで天井が空洞になってて、すいませーんって、けっこうおっきな声で何度もいったんだけど、誰も出てこなくて。暗いから、なんか怖くなってきちゃって、帰ってきちゃった」

シュウイチが眉間に皺を寄せ、友香に詰め寄る。

「おい、電話くらいしなかったのかよ」

「え？」

「救急隊とか警察とかよ、電話くらい借りてできただろうが」

「あ……でも」

「何が、でもぉ、だよ。テメェ何しにいったんだ役立たず」

「ちょっと、アベさん」

典子は割って入り、友香をかばった。

途端、シュウイチの鋭い視線が典子に向く。

「だから俺がいけばよかったんだよ。何が私でも友香ちゃんでも大丈夫ぅだ。何が熊が出たらどうするだ。フザケんな。もういい、俺がいってくる」

ベソを掻き始めた友香を一瞥し、シュウイチが斜面に向かう。だが典子はその先回りをし、立ち塞がった。

「ちょっと待ってよ。もうこれ以上野本先生をここには置いておけないわ」

「どけよ。そんなこたぁ俺の知ったこっちゃねえよ」

「知ったこっちゃないじゃ済まないわよ。もし野本先生が凍死したら、あなただって責任を問われるのよ。それより、野本先生を連れて一緒にセンターにいった方がいいわ。……人はともかく、暖房が効いてるのは分かったんだから、私たちだってまたここで待つより、動いた方がいいわ」

中途半端に口を開け、シュウイチは顎をグリグリ動かした。暴力的な臭いが漂うが、典子は不思議と怖くなかった。なぜだろう。これまでの典子だったら、友香以上に怯えて縮こまっていただろうに。

「……俺を、当てにすんなっていったろう」

「当てになんてしないわ。私が背負うから」

「ほほう、そりゃいいや。見物さしてもらうわ」

典子はひと睨みして踵《きびす》を返し、野本の傍らにひざまずいた。すぐに友香が涙を拭きながら加勢にくる。仰向けの野本の上半身を起こし、向かい合う形で両腕を肩に担ぐ。いや、これでは背中に乗らない。

「一回、立たせられないかしら」

「……そんな、無理だよ」

「じゃ、私がこうするから」

典子は小さくしゃがんでみせた。

「乗せるの？　できないよ」

「じゃ反対なら」

「私が背負うの？　それもちょっと」

「じゃ、正座させてみようか」

「ああ、こうやって？　こっちに？　ああ、できるかも」

「うん。こっち、こっち持って。支えててね……じゃいい？　いっせえの、でね……」

二人がかり、四苦八苦して野本を正座させ、友香に支えさせ、典子がその前にしゃがみ、

「いっせえのお」

「せッ」

なんとか、野本を背中に乗せることには成功した。しかし、その体勢から、身動きができない。

「大丈夫ですか、典子さん」

「ンッ」

「支えましょうか、どうしましょうか、どこ持ちましょうか」

「う……た、立てない」

「典子さん、どうしたら、えっ、どうするの」

「あっ……ウッ」

「ああ、典子さん」

「あぁ……」

そのまま、典子は野本と共に横向きに倒れてしまった。

傍らに立ったシュウイチが含み笑いを漏らす。

「……ザマァねえな」

「何よ」

さすがに友香もキレたか、歯を喰いしばってシュウイチを睨む。

典子は、痛む掌を見ていた。茶色い泥汚れの中に、赤黒く血が滲み始める。すぐ横には、同じ泥に頬を汚した野本が倒れている。情けなかった。悲しかった。すると、

「だからいったろ」

シュウイチが野本を仰向けにし、両脇に両手を捻じ込む。

「何するのよッ」

友香が怒鳴る。

「こうするんだ……ヨッ」

そのままぐいっと上半身を引っ張り起こし、そこで改めて肘まで深く差し入れる。再び、

「むんッ」

腰を入れて引き上げると、

「よッ」

死体のようにぐったりとした野本を立たせることに成功した。さらに両手を野本の尻の下までずらし、

「ふっ」

一気に肩まで持ち上げて担いだ。

友香が溜め息を漏らす。

「す、すごい……」

「ちくしょう。ツラのわりにいいガタイしてやがんな。オラッ、いくぞッ」

そのままシュウイチが歩き出す。斜面に足を掛け、一歩、また一歩、力強く登っていく。

典子も慌ててあとに続く。

「ほッ、へ、へいッ、へいッ」

シュウイチは自分で掛け声をあげながら、着実に道路に近づいていく。

「もう少しです、もう少しです、はいッ、はいッ、はいッ」

友香は並び、拳を握って声を合わせる。

「ふッ、うッ、けッ……へいッ」

典子はその後ろで、シュウイチが足をすべらせたときに支えようと構えていた。が、意外にもシュウイチの足取りは力強く確かで、とうとう道路まで、一人で野本を担ぎ上げてしまった。

上がりきった途端、野本を道路に放り出し、尻餅をつく。

「うッ……だぁーッ。ああ、も、もう駄目だ。い、一ヶ月分は、優に働いたぜ」

「す、凄いです、凄いです」

さっきまでの敵意はどこへやら。友香は頼まれもしないのにシュウイチの腿をマッサージしている。だが典子は、

「ありがとう……お疲れ、さま」

まだそこまで素直にはなれず、距離を置いてそういうに留まった。笑顔を作ってみせたいが、上手くできない。頬が強張《こわば》ってしまう。

シュウイチは息を切らして典子を見上げた。

「別に……あんたの男ってわけじゃ、ねえんだろ。別に、礼なんて……筋、違うんじゃね

えの」

「そうだけど……でも、ありがとう」

「けッ」

シュウイチは唾を吐く真似はしたが、顔は笑っていた。

そんなに、悪い人じゃないのかも――。

典子は心で呟き、女なんて勝手なものだと、自分で自分を冷たく笑った。

シュウイチが胸からタバコを取り出し、火を点ける。そのすべてを右手でする。普段なら風除けは左手でするだろうに、今は肩を代用している。実に不自由そうだ。

思わず覗き込む。

「……アベさん。左手、大丈夫ですか」

「あん？」

シュウイチは膝に置いたそれを見やり、苦笑いした。

「ああ。どうってことねえよ……なんつってな」

それとなく見たシュウイチの左手は、血で、ずぶ濡れになっていた。

道に出てからは典子と友香が二人で肩を貸す恰好と、シュウイチが一人で担ぐのとを交代しながら進んだ。

野本の背中と、それを負う者の肩に雪が積もる。シュウイチが担いでいるときは、典子や友香がせっせと払ってやるが、立場が逆になってもシュウイチはしてくれない。してほしいとも思わないが、釈然とはしない。

友香に訊いたところ、歩くだけなら片道十五分ということだったが、交代して体勢を整えるのに手間取ったりしたので、結局は一時間近くかかってしまった。もう、辺りは薄暗くなり始めている。

「あとちょっとです。その坂の上だから」

典子は、そろそろ代わろうかといったが、

「いいよ。もうちょっとなんだろ」

シュウイチは歯を喰いしばってかぶりを振った。

まもなく見えた分岐点。一本道から右に外れる坂を上ると、まず駐車場のような広場に出た。乗用車なら二十台くらい停められそうなスペース。その向こうに、友香のいった観光地の美術館を思わせる建物がそびえている。

「あれです」

「代わりますか」

「だからいいって」

窓の数からすると三階建て。鉄筋コンクリートだろうか、無機質な外観が雪の中でも妙な存在感を醸《かも》している。特に前面を覆った窓ガラスの壁。雪が枠にも積もり、それぞれの下角を丸く隠している。確かに病院という感じではない。思ったより小ぢんまりとしている。

広場を突っ切り、建物中央の入り口を目指す。右脇に白い軽トラックが停まっているが、どうもセンター所有のものではなさそうだ。こういう土地だから、プロパンガスの交換とかだろうか。

「はい、どうぞ」

友香が観音開きの、重そうなガラスドアの右側を開けると、シュウイチはほとんど倒れ込むようにそこを通った。

「うっ……ダァァーッ」

野本を床に転がし、自分も一緒に寝転ぶ。こういうところが乱暴で嫌なのだけれど、見れば床はカーペットなので、ギリギリ許容範囲だ。

「ほんと、お留守みたいな感じね……」

典子は肩や頭に積もった雪を払いながら、入り口周辺の空間を見回した。

無音の、広々としたエントランスホール。左手にはテーブルとソファの簡単な応接セット、その近くには背の高い観葉植物。真正面には暗い通路が伸びている。裏手まで抜けているのか、ずっと奥に非常口を示す緑の電灯が、ぼんやりと浮かんで見える。右手にはエレベーター。数字までは見えないが、停まっている階を示す赤いデジタル表示があるのは分かる。停電ということはなさそうだ。でも、照明はどこも点いていない。

「誰かいませんかーッ」

典子の声が短くこだまする。

「すみませーん、どなたかいませんかーッ」

確かに、まるで無人のように反応がない。

友香が眉間に皺を寄せ、こっちを見る。

「……ね？」

「うん。とりあえず、野本先生をあのソファに寝かそうか」

「はい」

二人で野本を応接セットのソファに運んでいると、ふらふらと立ち上がったシュウイチが視界の端を横切った。

「ちょっと、どこいくんですか」

典子が訊くと、

「……ションベンだよ。ショ、ン、ベ、ン」

普通にいっても聞こえるのに、シュウイチはわざわざ声を大きくした。股間を押さえ、ひょうきんな歩き方で通路に向かう。しかし、彼は何を見て向こうにトイレがあると判断したのだろう。

「なんか、面白い人ですね」

友香が笑みを漏らす。

典子は野本をソファに下ろしてから答えた。

「ふぅ……まあ、ちょっと変わった人では、あるわね」

「アベさん、でしたっけ」

「うん。アベ、シュウイチっていってた。私より一つ下なんだって」

「へえ。見えませんね」

「でしょ？」

「うん。典子さんよりか上だと思った」

「だよね」

二人は目を見合わせて笑いを噛み殺した。

この子となら、仲良くなれるかも——。

そんなことを思ったとき、

「……ウアァァァーッ」

通路の奥で悲鳴がした。

「えっ」

「なに？」

すぐに、今にもつんのめりそうなけたたましい足音が近づいてくる。シュウイチだ。彼はそのまま、二人には目もくれずホール中央を横切り、ドアに体当たりして外に跳び出していく。

「……ちょっと、なんなの」

二人は目で示し合わせ、シュウイチを追った。

シュウイチは雪を蹴散らして広場の真ん中辺りまで走り、立ち止まって左右を見回し、今度は左に走り始めた。先には軽トラックがある。その運転席側に回り込む。

「ちょっと、アベさんッ」

追いつき、助手席側を開けようとするがロックされていて開かない。中のシュウイチはエンジンをかけようとしているが、キュンキュンいうばかりで一向に始動しない。二人は運転席側に回り、ドアを開けた。

「アベさん、どうしたんですかッ」

「く、熊だ。熊だクマクマッ」

「エエーッ？」

反射的にか、友香がシュウイチの袖を掴む。

典子はその脇から肩を掴み、

「見たんですか。熊、どこにいたんですか」

「熊じゃねえ、死体だ。階段のところに死体が転がってんだ」

典子は言葉を失った。

友香は、目をひん剝いて建物を振り返った。

シュウイチは「ちくしょう、バッテリーあがってやがる」とハンドルを叩き、典子に向き直った。

「……腹を、ぐちゃぐちゃに食われて死んでた。あの奥にトイレがあってよ、向かいに階段があってよ、トイレから出てきたらよ、足が見えたんで、なんだろって思って見たら……こう、こんなふうに、腹を、ガッツリ食われて死んでたんだよッ」

シュウイチは自分の腹いっぱいに円を描いて示した。そこまで聞いて、ようやく典子は思い出した。

「アッ、野本先生ッ」

一人踵を返し、再び建物入り口に向かう。

「おい、よせ」

「典子さんッ」

聞こえてはいたが、野本を放っておくわけにはいかない。

シュウイチが開け放った入り口ドア。通ると中は風の音もなく、しんと静まり返っていた。野本を横たえた応接セットのソファに駆け寄る。野本は、さっきと変らぬ様子で寝息をたてている。

それにしても、暗い。最初に入ってきたときより、さらに暗さが増している。典子は照明のスイッチを目で探った。そういうものはたいがい、部屋の角にあるものだ。だが常識的に考えて、こういう施設なら入り口近くにはないだろう。すると、入り口から見てちょうど正面、中央から奥に伸びる廊下、シュウイチがいって、走って戻ってきた通路の辺りか。

しかし、ここからでは暗くて見えない。典子には多少近眼の気がある。それも手伝って、はっきりとは分からない。

そのまま壁伝いに視線を戻す。通路の左右は部屋になっているようだった。ホールに向けた窓があり、明るい色のブラインドが下りている。その左には大きな葉っぱの観葉植物。さらにその左、照明のスイッチかどうかは分からないが、そういった類の何かが壁に設置されているのは見える。

典子は中腰のまま、忍び足でそこまで近づいていった。やはり、照明か何かのスイッチだ。周囲の様子に気を配りながら手を伸ばす。縦横に六つ並んでいる、そのすべてをオンにする。

すぐに周辺で数ヶ所、パチパチと白い点滅が起こり、明かりが灯った。吹き抜けの天井、入り口とその左右、三方の壁。エントランスホールを見渡すのには充分な明るさになった。

やはり、誰もいない。何も、いない。むろん熊なんて、どこにもいなかった。とりあえず、今この瞬間に何か起こるということはなさそうだ。

ホールの床は硬い毛の、ブルーグレーのカーペット。野本が横たわるソファはキャラメル色のレザー。室内窓にかかっているブラインドは薄いグリーンだった。建物側面にあたる壁にはコンクリート打ちっぱなしの柱。それが三階まで高く通っており、その間ごとに同じ幅のガラスがはまっている。ちょっと、ギリシャ神殿を思わせるような設計だ。

ホール中央に歩み出し、覗き込むと、奥に伸びる通路はまだ暗いままだった。が、誰もいないことが分かる程度には明かりが回り込んでいる。典子は足音を忍ばせながら通路入り口に近づいた。

左右にドアが並んでいる。少し入った左手に、またスイッチがある。とりあえず、あそこまでいってみようか。

誰もいない、何もいない。目で見てそれが分かってはいても、不安は一向に治まらない。

二歩手前辺りから思いきり手を伸ばし、スイッチを入れる。

するといっぺんに、通路全体に照明が灯った。やはり、何もいない。

ひと息、長く吐き出す。

とりあえず、ホールと通路は見渡せた。ここにいる限りは、たとえ何かが襲い掛かってくるにしても、事前に察知できそうだ。それに、熊だって人間が怖いのだと何かで聞いた覚えがある。明るいところで堂々としていれば、熊だって迂闊《うかつ》には近づいてこないのではないか。

そんな頃になって、

「……典子、さん」

小さな声が背後に聞こえた。振り返ると、入り口に友香とシュウイチが顔を覗かせていた。明かりが点いたのを見て、ようやく入ってくる気になったようだ。

「大丈夫、何もいないわ」

典子はそれでも内緒話のように声を殺し、足音を忍ばせてホール中央に戻った。ときどき通路を振り返って見るが、何か跳び出してくるとか、そういうことはなかった。

「……よかった、野本先生」

友香が傍らに膝をつき、気を失った野本の手を握る。さっきは戻ってこなかったくせに、とは思わない。戻ってこられなくて当たり前だと思う。典子でさえ、自分が一人で戻れたことが不思議でならない。

「早く逃げた方がいいぜ」

シュウイチが、今までで一番真剣な顔でいう。しかし、だ。

「だって、車はバッテリーが駄目だったんでしょ」

「まあ、歩くしかねえだろうな」

「また野本先生を背負って？」

「そいつは放っとけ」

「できないわよ。そんなこと、できるわけないでしょ」

すると、シュウイチがにわかに肩を怒らせる。

「さっきと今とじゃ状況が違う。今の危険は凍死じゃねえ。猛獣だ。間違って冬眠から覚めちまった、腹ペコの熊だ。この状況が分かってねえのはあんただッ」

確かに、そうかもしれない。

典子は通路に向き直った。

「死体、どこにあるんでしたっけ」

「……げ」

シュウイチが眉を段違いにする。

「あんた、見にいくのかよ」

「当たり前でしょ。警察に知らせるにしたって、暗いところであなたがちょっと見ただけじゃ、状況説明できないでしょ」

「だからってよ」

「さあ、案内してちょうだい」

「冗談じゃねえよ、そんなの」

「だらしないこといわないでよ。頼りになるのはあなただけなの」

「だから、熊が相手じゃ男も女もないんだって」

「熊が相手と決まったわけじゃないわ」

「熊じゃなけりゃあんなことしねえって」

「見たの？　熊」

「見てねえよ。見てねえけど分かるよ。あんたは見てねえからそんなことというんだって」

「そうよ。だから見にいきましょうっていってるのよ」

「な……あんた、頭おかしいぜ」

かまわず典子はシュウイチの肘をとり、通路へと促した。

「友香ちゃんは残ってて」

「……あ、はい」

友香は安堵したように頷いた。死体の確認を勘弁してやりたい気持ちもあるが、それより野本を一人にしたくないというのが強い。

「さあ」

「……マジかよ」

それでも典子が引っ張ると、シュウイチは渋々ついてきた。

「大丈夫ですか」

「うん、大丈夫。とりあえず、警察……警察を呼びましょう」

典子は、通路でも一番エントランスホールに近い、「事務/医局」と書かれたドアを開けた。左手に小さな案内ランプがあるので、照明スイッチの場所はすぐに分かった。

点ける、とすぐに、

「……い、キャアアーッ」

友香が悲鳴をあげた。

「うわっ、うわっ、うわっ」

シュウイチが後退《あとずさ》る。

「うっ……」

典子は吐き気がぶり返したが、幸か不幸か、もう出すものがない。

部屋の中央、事務机を四つ突き合わせた上に、また死体が乗っている。腕が千切れ、脚を捻じ曲げられ、内臓を食われ、頭を叩き潰されている。そのまま振り回したのか、この部屋はどこもかしこも血だらけだった。もちろん、机の上の電話機も。

典子はもう何がなんだか分からず、それでも何かせずにはいられず、自分の手がどうなるのかも考えず、血に塗《まみ》れた受話器をすくい取った。室内に踏み込んだ分だけ、机の向こうを覗く恰好にもなる。図らずももう一体、似たような死体がそこに横たわっているのを発見してしまった。

「いや……いや、いや……」

受話器を耳に当てる。すぐさま一一〇。だが、受話器からは何も聞こえてこない。ダイヤル前の電子音も、ボタンを押したときの確認音もない。おかしい。フックを二、三度押してみるが反応がない。ウンともスンともいわない。

「駄目だ、電話、通じない……」

全身を、巨大な紙ヤスリでくるまれたような、チクチクした、ザラザラとした痛みに襲われる。

友香が金切り声をあげる。

シュウイチがどこかを、滅茶苦茶に殴りつけている。

典子は自分が冷静だから騒がないのか、それとも彼ら以上に取り乱しているから声が出ないのか、それすらも判断がつかなかった。ただ、そんな混乱した頭にも、少しは考えが巡っていた。

たぶんこれは、熊の仕業《しわざ》ではない。

訊いたのは、疑問が半分。あとの半分は嫌味だ。

シュウイチは、野本がどうなろうと知ったことではないといった。野本に限らず、典子たちについても同様に思っていたはず。だから、一人で逃げ出した。

彼の足なら、彼一人なら、確かに人里までたどり着くこともできるかもしれない。そう思う。一人で逃げ出したことについて、腹が立たないといったら嘘になる。でも、もしかしたら助けを呼んできてくれるかもしれない、そんな期待もわずかにだがあった。しかし、それにしては帰りが早過ぎる。そこまで長時間、典子たちもぼんやりしていたわけではない。

「アベさん」

もう一度訊くと、

「……どうなっちまってんだ、ここは」

シュウイチは、見開いた目でカーペットの床をおろおろと見回した。

「どう……って」

友香が不安げに典子を見る。

「アベさん、何かあったんですか」

シュウイチは乾いた唇を湿らせ、ひと口唾を飲み込んでから始めた。

「……驚くなよ。さっき、さっき俺たちが通ってきた、あの道な。もう、通れなくなってる」

急に周りを、目に見えない壁で覆われたような錯覚を覚える。

「なんか、雪崩《なだれ》だか地滑りだか分かんねえけど、雪がよ、雪でよ、雪と泥でよ、道が塞がっちまってんだよ。最初は、俺も上って越えればいいと思ったよ。けどよ、ちょっと上ったらよ、崩れるんだよ。その、崩れたらよ……分かるだろ。さっきの道、片側は崖だったろ。パサーッて、泥の混じった雪が落ちてってよ、もう暗くて、どこまで落ちてくかも分かんねえんだよ」

その情景を思い浮かべる。電灯もない、雪と土砂で塞がれた道。ただ暗いだけの崖下。落ちて消えていく、小石や土くれ――。

「諦めてよ、道を反対にいったんだよ。こっからだと、だから、右の方に。そしたらよ、すぐに道がなくなっててよ、こう、ガードレールが折り返してて、もうなんつーの、天辺《てっぺん》ですから終わりです、って感じになってんだよ。その横によ、なんか林道みたいな、獣道みたいなのはあんだけど、もうそん中はほんと真っ暗、完全な暗闇でよ、上も下も右も左もねえのよ」

つまり――。

典子が思い至るより先に、シュウイチが続けた。

「つまり俺たちは、ここに、閉じ込められちまったってわけだ。電話も通じねえ、雪山の天辺に、腹のぽっかりなくなった死体たちと仲良く、俺たちは閉じ込められちまったんだよ」

ヒョウと、どこかで風が低く啼《な》いた。


外は雪。

車もない。

道もない。

この建物の内部にしか、自分たちの居場所はない。

長い沈黙を経て、ようやくそのことが頭に染みてきた。

「……とにかく、ここじゃなくて、どっか、落ち着きましょう」

典子がいい、それで三人は動き始めた。

とりあえずこの建物内に、安全な場所を確保する。そうなると一番近い所、事務/医局の向かいのエックス線室、となるだろうか。

恐る恐る、典子たちはそのドアを開けた。

無音。そのまま押し開くと、すっかり乾いたダウンジャケットの衣擦れが耳に障った。

ドア口左手に照明のスイッチがある。点けたら、また血みどろの死体を目の当たりにするかもしれない。そう考えると指先は震え、力が入らない。典子がもたもたしていると、

「何やってんだよ」

焦《じ》れたシュウイチが四つ並んだスイッチをまとめて押し込んだ。

すぐ、頭上の蛍光灯が灯る。

全員で、ぐるりと室内を見回した。

「ここは……セーフ、か」

とりあえず、死体はなかった。

白い壁と天井。クリーム色をした、リノリウムの床。

広さは二十畳くらいだろうか。正面奥に胸のレントゲンを撮る装置がある。その他に、ベッドと一体になった違う形の機械もある。エックス線室にあるのだから、あれもきっとレントゲン機械なのだろう。

入って左側にはまた別のドアがあり、窓付きの壁で仕切られた別室に繋がっている。あの窓の向こうから、医師が指示を出して撮影するのだろう。

ドアは開いており、覗くと別室は奥に細長い。窓に面したカウンターにはパソコンやら

なんやら機械がたくさん並んでいる。むろん、そこも無人だった。

「とりあえず、ここなら大丈夫そうね」

典子がいうと、レントゲン装置の下を覗き込んでいたシュウイチがこっちを向いた。

「……何が、どう大丈夫なんだよ」

「野本先生よ。そのベッド、ちょっと寝心地は悪そうだけど、それに寝かせてこのドアを閉めておけば、とりあえず安全じゃない」

頷いた友香と、ドア口に向かう。が、シュウイチは動かない。

「ちょっと、一緒にきてよ」

袖を引っ張ると、ようやくだるそうについてくる。エントランスホールに出て、応接セットまで戻ってきて、典子がソファの野本を抱き起こそうとしても、シュウイチは片手をポケット、もう一方で首の後ろを掻いている。

「アベさん、お願い」

「……マジかよぉ」

クサい臭いでも嗅いだように、鼻筋に皺を寄せる。

「手伝って。お願い」

「……ったくよぉ」

泣きそうな顔で手を出す。

二人がかりで立たせ、両側から肩を貸す恰好で、引きずるように野本を運ぶ。友香はエックス線室のドアを押えながら、通路の奥とホール、交互に目を配って待っている。

「乱暴にしないでね」

「……私の、大事な先生なのよ、ってか」

憎まれ口を利くわりには力は抜かず、シュウイチは顔を歪めながらも丁寧に置いてくれた。どうせ手伝うなら気持ちよくやってくれればいいのに、と思ったが、あえていいはしなかった。

見ると、またシュウイチの左手から血が流れていた。

「大丈夫？　手当て、した方がよくない？」

シュウイチは典子に背を向け、左手を見えなくした。

「いや、いい。すぐ止まるだろ」

野本を見ていた友香が振り返る。

「……で、どうするんですか、これから」

そう。これから、だ。

電話は携帯も固定のも通じなかった。車も道もない現状では、外部と連絡をとる方法はない。

車内で二人、この館内で三人が死亡している。しかもこの館内の三人についていえば、何が、どうやって殺したのか見当もつかない。

車の転落事故はともかく、ここで一体、何が起こったというのだろう。自分たちはこれからどうすべきなのだろう。

一番手っ取り早いのは、やはり、電話だ。

「アベさん。あの電話、なんとかできない？」

シュウイチは「ハァ」と馬鹿にしたように顔を向けた。

「あのさァ、あんたさァ、そうやってなんでもかんでも俺にいうのやめてくんねえかな。電気工事の心得なんてねーっつの」

「でも……」

「でもじゃねえよ。男なら誰でもメカに強いわけじゃねえの。俺はあいにく芸術家肌でね。テレビとＤＶＤの配線も電気屋呼んじゃうタイプなの」

男なら――。典子はいいたいことを先回りして否定され、言葉に詰まった。

でも、そこに友香が割って入ってきた。

「あの、典子さん。ちなみに私、機械、ちょっと得意ですけど」

パッと、脳裏に明かりが灯った。

「そうなの？　友香ちゃん、そういうのできる人なの？」

「いえ、できる、ってほどじゃないんですけど、たぶん、切られたのを繋ぐくらいだったら、やればできると思うんですよ。問題は、どこを切ったのかってことだと思うんです。蛍光灯とかの電気は点くのに、電話が通じないっていうのは、やっぱ電話線を誰かが切ったってことだと思うんですよ。その切った場所さえ分かれば、なんとか繋げられるんじゃないでしょうか。たぶんこういう建物だったら、シュソウチが設置されてるだろうから、その前後だと思うんですけど」

なるほど。典子が電話線といって思い浮かべるのは、あの電柱から電柱を渡っているのと、壁のジャックから電話機に繋がっているやつくらいだが、常識的に考えれば、その間が当然あるはずだ。

「シュソウチ、って何？」

「なんか、壁かけの箱ですよ。たいがい上の方にあります。電話をそこから方々に振り分ける機械です。そこを切れば、まとめて電話は通じなくなりますよ」

「じゃ、そのシュソウチを、探さなきゃいけないわけね」

そうなると、自然と典子の目はシュウイチに向いてしまう。

「なんだよ、俺に探してこいっつーのかよ」

「別に、一人でなんていわないわよ。私もいきます。一緒に探しにいきましょう」

「なんでそいつにいかせねえんだよ」

シュウイチはアゴで友香を示した。

「何いってるの。あなた男でしょ」

「典子さん。あんた、ほんと無茶いうね。こんなんに男も女もねえっつのよ。熊がいるか何がいるか分かんないんだぜ。下手に動き回って、俺らまで腹ぐちゃぐちゃに食われたらどうすんの」

ここで発見した三つの死体を思い浮かべる。何にかは分からないが、腹を食われる自分を想像する。大きな口の、太く長い牙が腹の肌に突き刺さる。腹筋ごと食い千切られる――。

いや、そうならないためにも、外部と連絡をとる必要があるのだ。

「しょうがないじゃない。道が塞がっちゃって、歩いてどっかにいくわけにはいかないんでしょ。ここでできることっていったら、電話線を復旧させることくらいじゃない」

「だからってよぉ」

「つべこべいわない」

「なんで俺なんだよ……」

それでも典子がエックス線室を出ると、シュウイチはブツブツいいながらもついてきてくれた。通路では並んで歩いてもくれる。

まず、事務／医局を覗く。死体を見ないようにしながら、壁をぐるりと見回す。特に壁掛けの箱は見当たらない。ここではないようだ。

エックス線室の一つ隣は「内視鏡検査室」だ。その向かいは「資料室」とプレートのない部屋。先に内視鏡検査室を覗く。

シュウイチが「ケッ」と吐いた。

「こっちのベッドの方が立派じゃねえか」

確かに、内科などの診察で使う、白い普通のベッドがある。

「……移す？」

「イヤだね。めんどくせえ」

ここには特に、仕切りや何かがひそむような物陰はなく、また死体もなかった。シュソウチらしき箱もなし。

向かいの資料室は、これまでの部屋より少し通路から奥まっており、せまかった。奥に向かって二つの通路、四列に書棚が並んでいる。そこに、本やらバインダーやらが無数に収まっている。バインダーは同じ背表紙のものがまとめられており、整頓はこの上なくき届いていた。死体、シュソウチはなし。

　隣の、プレートのない部屋は物置だった。奥に長い「うなぎの寝床」状の部屋。掃除機、ダンボール箱、ルームランナー、ハンガーの束、古雑誌、古新聞、さらにサッカーボールとフラフープ。物陰は多いが、どこも何かがひそむにはせまい場所ばかりだった。死体、シュソウチ、共になし。

　なんだ、どうってことないじゃないの――。

　典子の胸に、そんな思いが芽生えてくる。いま再び事務／医局のドアを開けたら、死体は綺麗になくなっているんじゃないか、そんな気までしてくる。

　次はMRI室。広さはエックス線室と同じくらいだ。テレビで見たことのある、可動式ベッドが大きなトンネルに入っていくあれが、中央に設置されている。他にもパソコンみたいな機械とか、様々な周辺機器があるが、無人であることはすぐに分かった。ここにも死体、シュソウチはなし。

　出ると向かいは食堂。典子は照明を点け、しゃがんでテーブルの下を覗いたが、誰もいなかった。入って左手にカウンターがあり、その向こうは厨房になっているが、特に大きな物陰はない。死体もない。

「あのさ、典子さんさ」

シュウイチが通路のさらに奥、最初の死体が放置されている階段の方を覗きながらいう。

「はい。なんでしょう」

「俺たちってさ、切れた電話線、探してんじゃねえの」

「ええ。そうですよ」

「それってさ、外じゃねえの」

「は？」

シュウイチが真剣な表情で続ける。

「だってよ、電話線ってよ、引き込むんだろ？　建物に。いや、俺も詳しくはないんだけどさ、電柱から建物の壁に、こう、くるよな。そんでシュソウチだっけか、そっから分かれて、各部屋に繋がってんだろ。そしたらさ、切れてっとしたらさ、それってやっぱ、外なんじゃねえのかな、実際」

なんだろう。典子はシュウイチの言葉に、小さな違和感を覚えた。

「建物、に、引き込む……」

「ああ。電柱からさ、びよーん、てさ」

それだ。それがそもそも違う。

「アベさん。この周りって、電柱あったかしら」

「へ?」

「ああ、なんかね、見なかった気がするの。電柱、なかったんじゃないかな。だったらもしかしたら、地下ケーブルとかじゃないかな。違うかな」

シュウイチが首を傾げる。

典子も、自分が何をいいたいのか分からなくなってきた。

電気に詳しくない二人がいくら話し合っても、正しい答えなど出はしない、か。

「……でも、とりあえず怖いから、ひと部屋ずつ見ていこうよ。そしたら、なんか安心できるじゃない」

またシュウイチが、クサそうに顔を歪める。

「でもよ、また死体発見しちまうかもしれねえぜ。あの事務所で死んでたあいつら、白衣とか着てなかったじゃねえか」

そうだったろうか。さっきは努めて見ないようにしていたので記憶にない。

「そう? 何着てたっけ」

「あいや、スーツ……だったんじゃ、ないかな」

「それが、どうかした?」

「ああ、つまりよ、あいつらが医者じゃないんだとしたら、だよ。ここにいたはずの医者はどこにいっちまったんだ、って話だよ。他に患者だっていたはずだろ」

二人はなんとなく、天井を見上げた。

「……二階とか、ってこと？」

「返事、なかったけどな」

思わず、典子は生唾を飲み込んだ。

「上で、し……死んでる、って……こと？」

「逃げた、ってのも、アリだと、思うけどな」

「だから、車が、ない、とか」

「ああ。そうかもな」

典子は奥を指差した。死体のある階段の方だ。

「……いく？」

「まあ、そうね……いくしか、ねえだろうな」

歩調はだいぶ鈍ったが、それでも典子たちは進んだ。

当然だが、さっき点けた照明がトイレ全体を照らしていた。変わった様子は特にない。

そこから死体を視界に入れないよう、階段を見上げる。上り口にスイッチがあり、オンにすると踊り場の蛍光灯が灯った。通路と違い、階段室の床はリノリウム、壁は薄緑のペンキで塗られたコンクリートだった。

なんとなく、二人で頷き合う。

まず、典子が先に段に足をかけた。一段一段、確かめながら上る。シュウイチは二、三段、遅れてついてくる。先頭をいってくれない苛立ちと、後ろを任せられる安心感。さて、どちらが大きいだろう。

踊り場までは十数段、その中ほどにきて、シュウイチがスハッと息を吸った。

「なにッ」

思わず振り返る。

シュウイチは手すり代わり、斜めに作られたコンクリートの小壁に手を置き、顔をしかめていた。

「何よ、アベさん」

「あ、いや……」

言葉を濁して典子から目を逸らす。何か思いついた、それが自分でも確かにならない、そんな顔だ。

「あれ……」

「何よ。いってよ怖いから」

なお首を傾げ、結んだ唇を揉むように動かす。

やがてシュウイチは、ふわりと何かが解けたような顔をし、そのまま、ゆっくりと後ろを振り返った。さっきから典子の視界にある場所。階段の下、誰もいない上り口。明るいトイレのドア口。ほんのちょっと覗いた死体の爪先。

「あ、あの……典子さん、さあ」

「なに、何よ」

「さっきさ、そこで、げ……ゲロったよ、ねえ」

まだそんなことをいってるのか。さすがに少々腹が立ったが、

「だから、なに……」

いいながらその辺りを見ると、階段は上り口まで、どの段も綺麗だった。変だ。トイレの前からいま自分がいる足元、そのどこにも、典子が吐き出した汚物はない。

シュウイチが四、五段下りる。典子が手すりにもたれて吐いた辺り、その前後二、三段に顔を寄せる。

「おい……誰か、拭いてあるぜ、ここ」

典子は、何も答えられなかった。

「誰かが、典子さんのゲロ、拭いたんだ。ちゃんと、濡れ雑巾かなんかで……跡が、ちょっとだけ残ってる。ほら……」

シュウイチは指し示したが、典子はとてもそこまで下りて見る気にはなれなかった。

「……つまり、残ってる人が、いる……のね」

「違うだろ。ここの人が残ってんだったら、どうして、姿を見せねえんだよ。わざわざ典子さんのゲロ拭いて、なんで出てこねえんだよ。……違うよ。誰かいるんだけど、そりゃ生存者じゃなくて、な、なんつうか、その……加害者……そう、加害者だよ。電話線切ったり、ゲロ拭いたりするんだ。熊じゃねえ。人間だ。人間が、俺たちの他にもまだいるんだよ、この建物の中に」

「なんで……」

なぜ自分の汚物を拭き取ったのか。その疑問にどれほどの意味があるのか。まったく分からない。

シュウイチが呟く。

「ここを拭いた奴が、三人、殺したのか……」

三人の人間を殺し、その腹の中身がなくなるほどえぐった者。獣なら食べた、そう考えるところだが、雑巾で典子の汚物を拭ったとなると、あの殺害方法の意味も違ってくる。

ぬし。

そんな言葉が頭に浮かんだ。猟奇的な殺人手段を有し、侵入者の吐き出したモノを密かに拭う。そう、おそらくその「ぬし」にとって、典子たちは侵入者に他ならないのだ。

悲鳴をあげて逃げ出したい。このまま階段を駆け下り、通路を突っ切って外に走り出したい。だがそれはできない。何も知らぬ友香と野本をエックス線室に残して逃げることはできない。

エックス線室。すると、「ぬし」は三人がエックス線室に入っているときに汚物を拭き取ったのか。あるいはふた手に分かれてから、典子とシュウイチが各部屋を探索しているときだったのか。

どちらにせよ、何かがいる、その確信を得て、典子の全身は粟立《あわだ》った。肩の瑕も疼いた。そこだけは、どくどくと血が集まったかのように、熱く鼓動していた。

階段を上がり、二階に至る。また同じ形式のトイレがある。照明を点けても何もなかった。

左隣にはアルミ製のドアがある。この部分、一階の同じ場所はどうなっていただろうか。コンクリートの壁だったのか、それとも別のドアがあったのか。だがアルミドアではなかった。それだけは覚えている。

「……ああ。風呂だよ、ふーろ。っつーかシャワー室だな」

わざとだろう、そのドアを覗いたシュウイチが呑気な声で告げる。

左手の壁に脱衣籠を入れた棚があり、その向こうに洗濯機がある。反対側は洗面台が二台。誰もいない。何もない。

だが、それで油断した。

「うわッ」

洗濯機の奥、曇りガラスの折れ戸を開けたシュウイチが、真後ろに跳《と》び退《の》いた。

あられもなく股間をさらした男の下半身が見える。

半ば乾いた浴室の床、グレーのタイル調の目地に血が滲んでいる。

腹の辺りは、やはりぽっかりとなくなっていた。

上半身は、もういい。見たくない。

「……さらに一人、か」

奥を覗いたシュウイチが漏らす。つまり、この浴室に死体は一体だけ、ということか。

すぐ通路に引き返し、階段から一番近い右手の部屋を見る。プレートには「DNA検査室」とある。新たな死体に遭遇し、典子は最初の慎重さを取り戻していた。ゆっくり、ドアを開ける。

蛍光灯に照らされた室内。窓のない電子レンジのような機械がそれぞれパソコンとペアになって、右壁に三組、左壁に二組並んでいる。中央には四台の事務机、そこにもパソコンが二台。奥には得体の知れない箱型の機械。冷蔵庫のようだがアームが生えている。それに、バケツで撒いたような大量の血が付着している。シュソウチは見当たらない。

「もういいよ」

シュウイチが呟く。

「……うん」

典子も黙ってドアを閉めた。

少し、足を速めて進む。

通路左側には四つの部屋。それぞれは六畳ほどの広さで、右か左のどちらかに二段ベッドが設置されている、それだけの部屋だった。その二番目には二つ、死体があった。一人は医師だろう、白衣を着ていた。

DNA検査室の向こうは「実験室」となっていた。

ドアを開けると、右側には大きな水槽のようなものが積み重なっており、それぞれが蒼白い明かりを漏らしていた。中で飼育されているのはマウスか。部屋の照明を点けると一斉に身じろぎする音がした。

その近くに白衣の死体が一つ。患者だろうか、フリースにジーパン姿の死体も一つあった。そういえばこれまで、死体はいずれも男性だった。

部屋の奥と中央の大きな作業台には、試験管やらビーカーやら、素人《しろうと》が触ったら怒られそうなものがたくさん置いてある。意外にも、それらに破損や乱れはない。

通路に戻ると、マウスや実験用具は無事なのだ。これは一体何を意味しているのだろう。

通路に戻ると、実験室の一角に喰い込む形でドアが三つ並んでいる。それぞれがブースになっており、向こうに抜ければ実験室に入れるようになっていた。死体はなし。

中央通路はそれで行き止まり。手すりと、腰高の透明な板の向こうは吹き抜けの中空になっている。エントランスホールが見下ろせる。覗くと、意外に高い。

友香に声をかけてみようか。典子はほんの少し思ったが、やめた。なんというべきか思いつかなかったし、友香が出てきて何か起こったら、すぐには飛んでいけない。

「ここまできたら、しょうがねえ。三階も見にいくか」

シュウイチが通路を戻り始める。

「ちょっと待って」

典子は慌ててシュウイチの右肘を摑んだ。

「つまり、一階にも二階にも、その……何かがいない、ってことは、三階にいったら、必ずいる、ってことだよね」

シュウイチが肩越しに振り返る。その視線の先にはエレベーターの乗り口がある。この辺りは少し広く空いており、エレベーターホール的な空間になっている。

典子は、何の気なしに表示を確かめた。赤いデジタル文字が「3」となっている。

「あれ……これって、動いてた？」

「分かんねえ。見てなかった」

「じゃ、やっぱり、三階に……」

何者かはいるのだろうか。

「いや、そうとも限らねえだろ。一階に下りてから、『3』を押して、上に上げたのかもしんねえし」

「じゃ、友香ちゃん……」

だが、シュウイチはかぶりを振った。

「なんかあったら、悲鳴ぐらい聞こえるって」

その言い草を薄情にも感じたが、それはそうだと、納得する気持ちも典子の中にはあった。

同じように三階も調べた。さらにいくつか死体を発見したが、幸いにというべきか、「ぬし」というほどの何かに遭遇することはなかった。

まずトイレに一体。スウェット姿だったので患者だろう。

中央通路に入ると、左に四部屋、右に六部屋、それぞれ四畳半程度、ベッドが一台あるだけの部屋が並んでいる。入院患者の個室、ということになるだろうか。

左の手前から二番目に一つ、右側は奥から二番目と三番目に一つずつ、このフロアには計四つの死体があった。二階と一階とを合わせると——もう、典子にはよく分からない。

全室のチェックを終えた、そのときだ。

「……あッ」

もときた階段の方に何か見えた気がした。黒っぽい、人影のような何か。すぐにそれは階段室に消えた。

「なんだッ」

シュウイチが訊いたときにはもう、典子は階段室に走り出していた。

誰かいた。何かいた。あれが「ぬし」か。

口に出していう暇が惜しい。典子はただ走った。シュウイチの足音があとをついてくる。

しかし、なぜだ。エレベーターが動いた気配はなかった。一階から順番に上ってきて三階に至った自分たちは、どこかで「ぬし」とすれ違っていたというのか。

「おい、どうしたッ」

典子はなおも黙って走った。

なぜ、自分は果敢にも追うのか。そんな疑問も頭をよぎった。

それはたぶん、恐怖だ。何かがいた。得体の知れない何者か。猟奇的で、理解不能な行動パターンを持つ殺人者。その正体を知るより、知らないでいる方がもっと怖い。正体を知るのはむろん怖いが、知れば恐怖の質と総量は確定する、そんな安心感は得られる気がした。

階段を駆け下りる。シュウイチのけたたましい足音がすぐ後ろに続く。広い直線の通路なら追い抜かれるのだろうが、あいにくそれほどの幅はない。

二階に下り、典子は迷い、階下と中央通路を見比べた。

「あっ」

また見えた。黒い影が、通路の奥にいた。

しかしそれは、膝丈か、せいぜい腰丈の低い影。

それが目を疑うような素早さで這い、角を曲って隠れた。

「いたッ」

シュウイチも後ろで叫んだ。

まさか、「ぬし」は、四つ足なのか。

だが、獣の動きとは何かが違った。上手くはいえないが、強《し》いて挙げるとすれば、スピード感。そんなものが、いわゆる四つ足の動物とは違う気がした。

「んのやろッ」

立ちすくんでいた典子の脇を抜け、シュウイチが通路を走っていく。我に返り、今度は典子がその背中を追う。

行き止まりまでさしたる距離はない。

広くとったエレベーターホール。

隠れたのは左、エレベーター側。そこに「ぬし」はいる。

シュウイチが立ち止まった。左右を見回す。

典子も追いついた。が――。

いなかった。誰も、何もいなかった。

エレベーターの表示は三階のまま、動いた気配はない。

「……確かに、見たの」

自分でいって、典子はその言葉を言い訳がましく感じた。シュウイチは黙っていたが、分かっているというように頷いた。

「ぬし」は、確かにいた。三階から階段を下り、二階の通路を走り、このエレベーターホールに至った。だが今、ここにはいない。飛び下りたとは考えにくい。物音はまったくしなかった。

「ぬし」は、忽然と消えた。

あの影——。

典子は、「ぬし」の消失とは別の不可解に言葉を失った。

あの影、あれは——。

「ぬし」の影。よく似たものを、典子はかつて見たことがある。

でもそれがいつ、どこでだったかが、上手く思い出せない。

4

エックス線室に戻った。

友香が、ダウンジャケットを脱いだ典子を見て声をあげる。

「あっ、典子さん、背中、血が」

「うん……ちょっとね」

典子は肩越しに振り返った。むろん見えはしない。だが友香がいうのだから、Tシャツ、ブラウス、その上に着たニットにまで血が染みているのだろう。もう痛みはないが、肩の瑕は思ったよりひどく裂けていたようだ。少ししたら、きっと死ぬほど痒くなる。

近くまできた友香が顔を歪ませる。

「でも、こんなに染みるなんて」

「うん、大丈夫。痛くはないから、もう血も止まってると思うし」

自分でいって、典子は似たことをシュウイチもいっていたと気づいた。いま彼は、調整室とを隔てる窓の下に腰を下ろし、タバコを吹かしている。使っていない左手の血は止まっているように見えた。典子はふと考える。あの袖の中に、黒い瑕はあるのかと。

「で、どうだったんですか」

ふいに訊かれ、典子はシュウイチから友香に視線を戻した。

「あ、うん。ちょっと、ちゃんとは覚えてないんだけど、二階と三階と合わせると、大体……十人くらい……亡くなってた」

余計なショックを与えないよう、典子はできるだけ普通にいってみせた。友香は一瞬だけ目を見開いたものの、すぐに溜め息をつき、そうですか、とだけ漏らして視線をベッドの野本に移した。

友香がダウンジャケットを脱がせたのだろう、野本は今、ニットとジーパン姿に戻っている。寝顔を見ていると、あの転落事故も、ここの惨状も、すべてが夢だったように思えてくる。いや、あり得ない。野本が意識を失ったことこそ、この一連のトラブルの始まりなのだ。

ふいに、不気味な疑問が脳裏に浮かんだ。

車の転落事故、雪崩による道路の封鎖、十人以上の殺害。これらはすべて、同一犯による犯行という可能性もあるのだろうか。

あのとき、典子はトンネル内に響いたタイヤチェーンの音が、ふっと消えたように記憶している。だとしたら、あれは人為的事故だったとは考えられないだろうか。チェーンが外れ、トンネルから出た車は制御を失った。どうやったら走行中の車のチェーンを外せるのか、それは分からないが、考えられなくはない。犯人は、ここに誰かが近づくことを恐れたのか。

道路の封鎖はどうだ。周囲の地形に詳しい者なら、何かそういう災害を作り出せるのではないだろうか。封鎖はここにたどり着いたあと。ということは、犯人は典子たちをここから出したくないのか。

そして、館内の大量殺人。

これらのすべてが同じ意思のもとになされたのだとするなら、それこそわけが分からない。犯人はなんの目的で、どういう理由でこんな状況を作り出しているのだろう。

改めて「ぬし」という言葉が頭に浮かぶ。得体の知れない犯人。単独犯なのか、複数なのか、それも分からない。もしかしたら複数で、その意思が統一されていないことも考えられるのではないか。

典子は、野本を心配そうに見つめる友香に目を向けた。

拭き取られた汚物のこと。三階の階段で見かけ、二階のエレベーターホールで忽然と消えた影のこと。それらを友香に話すべきか。話さずに伏せておくべきか。話すとしたら、どういえばいいのだろうか。

すると、急に友香がこっちを振り向く。

「……あの、典子さん。なんか、いた、とかなんとか、いってませんでしたっけ。上で、アベさんが」

あの声は、ここまで聞こえていたのか。

典子は、とっさにどういうべきか判断がつかなかった。

「あ、うん……」

横目で見ると、シュウイチは天井を見上げて知らん振りを決め込んでいた。そういった判断は典子に任せる。そういう意味にとれた。

仕方なく、友香に目を戻した。

「……まあ、なんか、見えた気はしたんだけど、どうも、勘違いだったみたい。私たちも、死体をたくさん見たりして、ちょっと、神経過敏になってたから。電気を点けたときの影が、なんかそんなふうに、見えただけだったみたい」

友香が信じたかどうかは分からない。その表情は依然不安げだ。だが、その正体が分からない以上、現状をありのまま語るのはさらなる不安を煽るだけだ。いわない方がいい。それが今の、典子の判断だった。

室内に沈黙が垂れ込めた。

典子も少し疲れた。シュウイチとは反対側の壁に寄りかかって座る。友香は、野本のいるベッドに半身を預けている。

野本を寝かせておくのは、このベッドでいいのだろうか。いや、いいだろう。確かに、もっと寝心地のよさそうなベッドは二階にも三階にもある。が、何かが起こって逃げ出さなければならなくなった場合、出口に一番近いのはこの部屋だ。やはり、ここに寝かせておくのがベストだ。

　友香が少し顔を起こす。

「そういえば、電話線は？」

「ああ……」

　忘れていたとはいいづらい。しかしちょうどよく、シュウイチが割って入ってきた。

「一ヶ所、ノーチェックの場所があったな」

「えっ」

「ほら、トイレの隣だよ。同じ場所の、二階と三階はシャワー室になってたろ。でもそりゃ、二階と三階が宿泊施設だからでよ、一階はきっと違うんだよ。あそこ、なんか電気関係なんじゃねーかな」

「じゃあ」

　友香が腰を浮かせる。

「私が見てきますよ」

　典子は慌てて手を振った。

「駄目よそんなの。危ないわよ」

「でも、すぐそこじゃないですか」

友香がちょい、とドアを指差す。

「いいじゃねえか。いかせてやれよ」

久々、シュウイチの無神経な物言いに腹が立った。

「じゃあアベさん、ここに残ってくださいね」

典子はわざと乱暴に言い捨てて立ち上がった。

「ああ。お言葉に甘えて、俺は一回、休みにさしてもらうよ」

シュウイチは、腕枕をしてその場に寝転んだ。

典子はひと睨みし、

「……いこう、友香ちゃん」

友香に手を伸べた。手を繋ぎ、二人で通路に出る。

小さくなる隙間に覗くシュウイチは、最後までこっちを見もしなかった。

階段室手前まできて、典子は友香の左側に立った。

「こっち、見ない方がいいわ」

体を盾に死体を隠す。友香の肩が緊張で強張《こわば》るのが分かる。

トイレの左隣。そこには壁と同色、薄緑のペンキで塗られた鉄製のドアがあった。プレートは何も掛かっていない。友香は不用意にノブを握ろうとしたが、典子はそっと遮った。

無言で頷いてみせる。

友香も黙って返す。

代わって典子が銀色のノブを握り、ゆっくり回し、引く。

室内の闇がドア口に覗く。モーターの回転音。

階段室の明かりが射し込み、クリーム色の大きな箱が見える。

奥。暗闇に浮かぶ小さな赤い光。ぼんやりと白いのは計器類か。

本当にそこは、電力室だった。

何かが跳び出してくる、といったことは今のところなさそうだ。

「明かり、は、これか……」

スイッチがドア口左手にある。点けると、なるほどシャワー室と同じ広さの部屋だった。

危険はなさそうだ。

友香が目で窺うので、典子はもう一度頷いてみせた。

奥に長い部屋の左右に、様々な機械が設置されている。

「……これは、配電盤か」

友香は一つ一つ、機械を見ては呟いた。

「友香ちゃん、なんでそんなこと分かるの？」

横顔に微笑が浮かぶ。

「うち、電気屋なんです。量販店じゃないですよ。いわゆる、町の電気屋さん。蛍光灯とか電球とか、たまにはテレビとか冷蔵庫とかも売るけど、本業っていうか、父親はほとんど店にはいないで、アンテナ立てにいったり、修理したりしてるんです。だから私、子供の頃からそういうの好きで、よく父親にくっついて、軽自動車に乗っけてもらって、他人ん家にいって、修理するの見てたりしてたんです。ま、今は全然興味ないですけどね。なんか、ビンボくさ、とか思ったり……」

そこまでいって、あれだ、と指差す。

友香は、だいぶ高い場所に設置された白い箱を見上げていた。近くを見回すが、踏み台になるようなものはない。友香は器用に近くの機械に足を掛け、その白い箱に手を伸べた。

しかし、にわかに頬の辺りが強張る。

「どうしたの」

典子も近寄って見上げた。

やや横長、紙でいったらA４判か、それよりちょっと大きな壁かけの箱。友香は黙ってそれを弄《いじ》り、フタを外した。

「ひっどい……」

中は、典子にも分かるほどぐしゃぐしゃに破壊されていた。

長さも向きもまちまちのコード類。それらの先は、明らかにまとめて引き抜かれ、千切れていた。四角い小さな銀色の箱が、千切れたコードの先にぶら下がっていたり、凹んだまま埋まっていたりする。

なぜ友香は最初に顔を強張らせたのか。なぜ外見から中の様子を悟ったのか。典子には分からないが、修理が不可能であろうことは訊くまでもなかった。

それでも、友香は頭を下げる。

「ごめんなさい。私じゃ無理です」

「そんな、友香ちゃんのせいじゃないじゃない」

下りようとする友香に手を貸す。彼女は申し訳なさそうに、典子の手を握った。

再び、二人で見上げる。

「凄い力ですよ。ボルトが、引っこ抜かれてるんです」

凄い力？　猛獣がか。いや、猛獣はコードを引き抜いたりはしない。

「これやった奴と、ここの人たちを殺した奴は、つまり、同じ奴なんでしょうか」

訊かれても典子には分からない。首を傾げるしかない。だが、もうあのことを友香に伝えるべきだ、とは思った。

「あの、実はね、私、ほら……そこの死体見て、そのとき、吐いちゃったっていったでしょ。でもさっき、友香ちゃんと別れてそこまできたとき、それがね、なぜか、綺麗に拭き取られてたの。誰がやったのかは、もちろん分かんないんだけど……」

「つまり、十人も殺した奴、これを壊した奴、それから、掃除した奴……一緒かもしれないし、別々かもしれないけど、そういうのが私たちの他に、いる、ってことですか」

頷いてみせる。年下の友香の方が、よほど自分より冷静に状況を把握している。

友香が腕を組む。

「でもどっちにしても、もう電話は駄目ですね。何か他の方法を考えないと……」

他の連絡方法。典子は一つ思いついた。

「あ、あの、二階にパソコンとかいっぱいあったけど、メールとかは駄目かしら」

友香は、短い溜め息とともに眉をひそめた。

「典子さん。メールもネットも、たいていは電話回線を使うんですから、駄目ですよ」

「あ、そっか」

「でも、パソコンと、他に何がありました？」

「え、他に？　ええと、胃カメラの部屋とか、なんだっけ、ＭＲＩっていうんだけ、なんかそういう検査室にいっぱい機械があって、あと、ＤＮＡの部屋に、いっぱいパソコンとかがあって、あと実験室だっけな、なんか色々あった。あとは、宿泊施設っていうか、ベッドがあって、ちょこちょこ荷物があるような、そんな程度だったけど。ああ、あと物置と資料室もあったわ」

友香は、少し考えてから口を開いた。

「……あの、どうせだったら、ここで何があったのか、調べてみませんか」

「調べる、って」

「そりゃ、カルテとか専門的なことは分かんないでしょうけど、映像とかだったら、私たちにも分かるじゃないですか。ビデオとかＤＶＤとか、なんかそういうもの、どっかに保管してなかったですか」

ビデオテープ、ＤＶＤ。いや、そういったものは見かけなかった。

「私たちも、棚とかそういうのは、全然見なかったから分かんないんだけど、探したら、あるのかも……」

やけに積極的な友香に押される感があった。だがそれは、友香が上の惨状を目の当たりにしていないからだとも思う。十人もの死体を次々に見せられたら、あの辺りを家捜ししようなどという気は起きないはずだ。

いや、自分はどうだろう。

最初に見た死体は、転落した車内で一つ前に座っていた男のものだった。あのときは冷水を浴びせられたような衝撃を受け、目を逸らした。運転席の医師は、わざと見ないようにした。ここで見たのは、通路奥の男が最初か。いきなり吐き戻した。次に事務／医局で二人。それから階上にいって十人くらい。

そう。三階に至った頃にはあまり驚かなくなっていた。見ないようにするコツを得てしまったような、驚かない術を身につけたような、そんな感じだ。明らかに「死」に対する感覚が鈍くなっている。当たり前のように受け入れている自分がいる。

驚くべきことだ。

典子はこれまで、自分は常に弱者なのだと思ってきた。肩に黒い瑕を負う、醜い体の持ち主。勉強は人並だったが、瑕に障るので体を動かすことは全般的に苦手だった。伴って性格も引っ込み思案になっていった。

その自分が、死体がごろごろ転がる、見知らぬ土地の見知らぬ建物の中で、必死に生き抜こうとしている。狂いもせず、生還への道を模索している。信じられない。強い、と思う。自分は強い人間なのだと感じる。理由は分からない。強いていえば、極限的状況での興奮状態、「火事場の馬鹿力」というやつか。

そう。頭は意外なほど冷静に働いている。

電話回線の復旧が絶望的になった今、まず自分たちがここですべきことは、何が起こっているのかを把握すること。それで、対処の方法が見えてくる可能性はある。

「そうね。じゃあ、戻ってアベさんと相談してみようか」

なぜだろう。友香はちょっと嫌そうな顔をしたが、すぐに「そうですね」と返し、出口に向き直った。


「あるとしたら、資料室か、DNAんとこじゃねえの」

典子たちがエックス線室に戻って計画を話すと、シュウイチは鼻をほじりながらそういった。

調整室をチェックしにいっていた友香が戻ってきた。

「ここにはないですね。パソコンはあるけど、普通のテレビとかビデオデッキはないです。ただ、メディアがDVDだったら、ここでも見れますよ。パソコンで」

どちらにせよ、家捜しにはいかなければならないようだ。

シュウイチを見やると、寝転んでこそいないものの、背中を壁に預けてどっかり座っており、自分から動こうという意思はまったく見えなかった。

「私、いきますよ」

また友香がいう。典子はシュウイチを見やった。

「ねえ。女の子にここまでいわせて、黙ってるんですか」

シュウイチは「んん」と、億劫《おっくう》そうにこっちに向いた。

「典子さん。あんたやたらと拘《こだわ》るね、男とか女とか。そんでちょっとエッチな話してからかうとさ、真っ赤になって怒るんだよな、あんたみたいなタイプは。セクハラだ、セクハラだって騒ぐんだ。まったく、手に負えねえよ」

駆け寄って引っぱたいてやろうかと思った。が、そうしたら彼は、もう二度と自分たちには協力しないだろう。そう思うとできなかった。

それに、彼の推測はあながち間違いではない。騒ぎにこそしないが、典子が、そういうことを笑って済ませることができない性格なのは事実だった。一度「嫌だ」と感じたら、その後もずっと避けてしまう。一人、また一人、何気ない言葉を交わす相手も減っていく。それを今まで悪いことだと思ったことはないが、頑《かたく》なだな、とは自分でも感じていた。見透かされると、正直悔しい。

自分でもしらぬまに、シュウイチを睨んでいたようだ。

彼は鼻で笑い、一度視線を逸らしてから睨み返してきた。

「それとも何、典子さん、暇潰しにイッパツ姦《や》らしてくれんの。そっちのガキとまとめて相手してもいいぜ。俺、そんなに面喰いでもねえからさ」

震えた。どうしていいか分からなくなった。

ふざけないでと怒鳴り出しそうな自分と、シュウイチとの淫らな行為を頭に想い描く自分が同時に存在する。

女として扱われたい。そういう思いが自分の中にはある。

かつて、中年の漢方医に胸を触られたとき、典子は汚らわしさと恥ずかしさに身を焦がしながらも、一方では女として扱われた悦びを感じていた。ひどく歪んだ悦びである。それは百も承知だったが、典子はそんな自分を認めていた。

野本に抱かれたい。そう思う。野本がそうしてくれないことは分かっているのに、密かに耽る夢想は甘やかだった。

だが、今は違う。

シュウイチは、あの中年漢方医や野本とは違う種類の男だ。医者か否かの問題ではない。典子の、あの黒い瑕を目にしたことがあるかどうかの問題だ。承知なのかどうかが問題なのだ。その異常性を知らずして典子の身体に興味を示す、そういう言動、視線は、絶対に許すことができない。

だがなお、淫らな妄想は意に反して頭の中を駆け巡る。

服を剝かれ、乱暴に犯される。その最中、伏した典子の背中をシュウイチが見る。体が離れ、見下ろされる。侮蔑の視線が泥雨の如く降り注ぐ。捨て台詞まで聞こえる。

なんだァ？　うわ、気持ちワリいな、あんたの背中。

典子は自分で自分を抱きしめる。

ふいに友香が「いこう、典子さん」と手を握る。

それで我に返った。救われた。

典子は黙って友香に従う。

再び通路に出ると、ドアの向こうでシュウイチが下卑《げび》た笑い声をあげた。

死んでしまえ。正直、そう思った。


友香と資料室に入る。二、三冊、整頓された棚からファイルを抜き出してみるが、それが一体何を意味しているのかはさっぱり分からなかった。中には「A・T・G・C」、野本がしたDNAの説明にあった記号が出てきたが、そんなものがこの状況の解明に役立つはずもない。

典子と背中を合わせ、反対の棚を当たっていた友香が「あっ」と声をあげた。

振り返ると、友香が開けたダンボール箱の中を示している。ＣＤケースのようなものが並んでいる。

「これ、日付が打ってありますよ」

「……あ、ほんとね」

背の部分に小さな文字。一昨年の六月から九月中頃まで。それとは別に「№」と二桁の数字。引き抜いて表を見るとラベルが貼ってあり、漢字で名前が書き込まれている。№16、坂田恒彦。もう一枚抜き出すと、№22、早川喜代美。№23、戸田勝也。№26、床井雅彦。№28、安川忠則。№29、久保順一郎。

友香が表裏、一枚をつぶさに見る。

「ＤＶＤですね。パソコンに入れれば、見れると思いますけど」

「これ、持って帰ろうか。箱ごとじゃ重いかな」

友香が怪訝な顔をする。

「でもこれ、古いですよ。一昨年じゃないですか。きっとここにあるってことは、なんていうのかな、もう用済みっていうか、現在進行形じゃないんじゃないですか」

典子は、友香の視線の先にある棚を見上げた。天井との隙間に、二十箱近いダンボール箱が詰め込まれている。

なるほど。それぞれの箱には始まりと終わりの日付が入っている。友香が引き出して開けたのはその最も古いひと箱だったようで、たどって見ても、一番新しいのはちょうど一年前辺りの日付になっている。つまり、ここ一年の記録は別の場所にあるということか。

「じゃ、新しいのは……あるとしたら、DNAの部屋か、その隣かな。この階は、なんかこういうもの置いてある感じじゃなかったし」

友香が眉間に皺を寄せる。

「……そこ、死体、あるんですか」

典子は少し考えてから答えた。

「うん……確か、あったと思う」

友香は肩をすくめ、自分の肘を寒そうに抱いた。

恐る恐る、二階のフロアに出る。まるで泥棒のように曲がり角で先の様子を窺い、人影がないことを確かめてからDNA検査室のドアを開ける。

照明はさっきのまま点いていた。誰かが侵入した様子もなく、ただ相変わらず、大量の血が撒き散らされていた。

友香が、蒼褪《あおざ》めた唇を噛む。

「見ちゃ駄目だってば」

典子がいうと、うんと頷く。肩をすくめて恐怖に耐えている。完全に固まっているが、それでも吐き戻さないだけ、典子よりは気丈だといえる。

左右には窓のない電子レンジとペアになったパソコン、計五台。中央、事務机の島。奥、アームの生えた冷蔵庫のような機械、その手前の死体。

左壁、パソコンの隣にガラス戸の書棚が二つある。

物陰から何か出てこないか、注意しながら進む。

中を見ると、やはりファイルが多く収納されている。下のスチールの戸を開ける。そこも書類で埋まっていた。隣の書棚。そこも同様だった。

次は、電子レンジのような機械の上、作りつけの、戸のない整理棚。見れば百円ショップで売っていそうなプラスチックの小物入れにＣＤケースが覗いている。

「あったよ、友香ちゃん」

友香は島になった事務机からこっちを見た。

「あ、それですね」

背伸びをすれば届く高さだ。典子が二つ三つ下ろすと、友香が一枚一枚検分し始める。

「ああ、新しいです新しいです。最新版ですよ、これ」

「じゃそれ、持って帰ろう……」

典子はとりあえず取れるだけ取り、古いものは棚に戻し、友香と二人で持てる分だけ残した。

「何か、箱とかあればいいですけどね」

友香が辺りを見回す。

「あ、それ使っちゃおうよ」

典子は机の下にあったダンボール箱を引き出した。中にはガラクタのようなプラスチックの部品が入っていたが、それを全部机に空け、箱をカラにした。

それにCDケースを詰める。

持ち出すのはここ三ヶ月分に絞ったが、それでもかなりの量になった。一緒に持とうと友香はいったが、典子は一人で持つ、友香には先の様子をうかがう役に回ってほしいといった。

「分かりました」

友香が検査室のドアを開ける。ふと、そこにいきなり人影が出てきたら、とも考えたが、幸いにもそれはなかった。

5

持ち帰ったDVDを、エックス線室隣のパソコンで再生してみる。果たしてそれには、患者の生活が克明に記録されていた。

試しにと、友香が開いた画像ファイル。

「うわ……ひでえ」

シュウイチは患部の写真を見て、遠慮なくそう吐いた。

確かに、その様子はひどいものだった。

赤黒くただれ、まだ血が滲んでいる。黄色い膿《うみ》もじくじくと湧いている。ただ、典子のそれとは根本的に違う性質のように見えた。

静止画ではなく動画で、診察や治療の様子も収録されていた。

注射器で抜かれる血液。メスで薄く削り取られる患部の皮膚。触診と、「痛みますか」の問いに答える患者の声。放送を目的としたものではないから、患者の顔もちゃんと映っている。それを無断で見ることには、ある種の罪悪感を覚える。

あるいはマウス。先の症状とよく似た患部を背中に負っているもの、そうでないもの、何種類もが一人の患者に「付属」する形で飼育、観察されているようだった。背景はあの実験室だ。

友香が画面に見入る。

「……このフォルダ、なんだろう」

次に見たのは三階のベッドのある部屋、そこで寝起きする患者の様子だった。患者はカメラの死角で着替え、ベッドに入る。ここに入院すると、こんなふうに生活の一切が、監視、記録されるのか。これではプライバシーも何もあったものではない。

電気を消すと暗視カメラに切り替わるのか、色は緑がかった白黒になった。画面は小さく、コマも荒い。コンビニの店内監視用のそれに近いか。いや、むしろ牢獄。患者は囚人か。

「早送りしろよ」

シュウイチの命令に、友香が頷く。コロコロと、その男性患者は寝返りを繰り返していた。この映像に意味などあるのだろうか。

特にその夜、その患者に何かが起こった様子はなかった。

最新の記録は一昨日になっている。ざっとそこまでチェックしたが、これといってめぼしい発見はなかった。

「一昨日の夜までの映像は、あるわけだ」

「何か起こったのは、昨日の夜、ってこと、なんでしょうか」

友香の疑問に、典子はただ首を傾げるしかなかった。

何かが起こった、それが映像に残っているとすれば、それはまだ記録する機械の中なのではないか。これだけの事件が起こったあとに、悠長にディスクを整理する暇などあるはずがない。本当に最新の記録は、まだ機械に入れっぱなしになっているのではないか。

なぜ気づかなかったのだろう。なぜ自分たちは機械の中を、検査室のパソコン本体のドライブを確認しなかったのだろう。それはおそらく、最新のディスクに、記録の開始日しか記されていなかったからだ。記録が一昨日で終わっているというのは、再生してみて今、初めて分かったことなのだ。

友香も同じ結論に達したようだった。

「もう一度いきましょう。もしかしたら、最新の記録はまだメディアに落としてないで……」

だが、シュウイチが遮る。

「そんなよ、一枚見ただけでグチャグチャいうなって。こんなに持ってきて……なに、三ヶ月分？　こんなにあるんだからさ、もうちょっと見てからでも遅くねえだろうが。あんたらさ、さっきからホイホイよくここを出ていくけどさ、それってすんげぇ危ねえことなんじゃねえの。ちったぁ大人しくさ、ここでできることをやってから、それからまた最新の情報を探しにいったっていいんじゃねえの。別に俺は止めないよ。止めねえけど、お勧めはしねえぜ」

言い方はともかく、シュウイチの判断には一定の冷静さがあった。確かに友香と二人、二度にわたる探索を実施して無事帰ってこられたのは単なる幸運なのかもしれない。次も同じようにいくという保証は、どこにもない。

「そうね。いくのは、あるものを調べてからにしましょうか」

典子がいうと、友香も頷いた。

日付だけで詰め込んだディスク。とりあえず典子は、それを患者の名前別に整理することにした。いま見たのが「春日周平」。他には「永田信宏」「朝倉高夫」「木戸真」「秋山怜司」「小久保博史」「安藤和雄」「佐藤紀之」「和田良弘」、そして、

「……あっ」

典子は、一枚のディスクを摑んで息を吞んだ。

「どうした」

「なに、典子さん」

典子は応えず、さらにダンボールの中をあさった。ある。何枚もある。「広川亜紀子《ひろかわあきこ》」名義のディスクが、ざっと見ただけで六枚も見つかった。

「これ、再生して」

一枚差し出すと、友香は呆気に取られながらも頷いた。

「……はい。何から、見ますか」

友香はパソコンに挿入し、ディスクの内容を一覧で表示する。

「これ、この個人データっていうの、開いてみて」

友香がマウスをクリックし、個人データのファイルを開く。

「なんなんだよ、おい」

シュウイチが典子とモニターを見比べる。

大きめの写真を添付した、履歴書のような画面が表示される。

広川亜紀子、女性。一九＊＊年、八月二十六日生まれ。二十六歳。神奈川県横浜市在住。体重五十三キロ、身長百六十九センチ、血液型A型。人材派遣会社勤務。二〇＊＊年九月二十九日入院。

「なんだよ、知ってんのか、おい」

「典子さん」

切れ長の目。少し大きな口。色白で、たとえるなら「雪女」。確か、そんなふうに呼ばれたこともあったと聞いている。

お姉ちゃん——。

典子が八歳のとき、広川の家は火事になり、両親は焼死した。その後、典子は君島家の養女になったが、姉がどうなったか正確には知らない。生き別れた姉、たった一人の肉親、広川亜紀子。

「おい、典子さんよ」

「典子さん、誰なんですか、これ」

友香が典子の腕を摑む。

「あ、うん……私の、姉なの。私、八つで養女に入ったから、苗字は違うけど、間違いない。これは、私の……」

「つつーと、何か、あんたの姉さんも、ここに入院してたってことか」

「まさか……」

友香がいって息を呑む。その意を察したか、シュウイチは眉間に皺を寄せてかぶりを振った。

「いや、死んでた連中はみんな男だった。この階の三人、二階がシャワー室と、二段ベッドの部屋に二人と、実験室みたいなのに一人、二人か。で、三階が、トイレ、個室に一人と、ええと、あとはよく覚えてねえけど、とにかく全部男だったぜ」

「じゃあ、ここに入院はしてたけど、退院したってことですか」

友香が興奮した声で返す。

「そりゃ、分かんねえけどよ。とにかく今ここで死んではいない、それは確かだと思うぜ。典子さんよ」

慰めているつもりか、シュウイチの声色が少しだけ優しい。

「……うん」

曖昧に頷き、典子はまた黙った。

十五年も前に生き別れた姉。幼い頃の面影を充分に残した顔を見られたのは、正直嬉しい。が、状況が状況だけに心境は複雑だ。

姉、亜紀子は、本当にここに入院していたのだろうか。だとしたら、どういう症状だったのだろう。シュウイチがいったように、これまでに見た死体がすべて間違いなく男性のものだったとしたら、亜紀子はどうなってしまったのだろう。友香がいうように、幸いにも事件が起こる前に退院したのだろうか。

だがそんなことは、このディスクを隅々まで見れば分かることだ。

「友香ちゃん。一番新しい日付の映像を、再生して」

「はい」

友香はウィンドウに並ぶファイルの日付を睨み、その一つをクリックした。だがその内容が表示される前に、

「アッ」

典子は窓を見て、思わず声をあげた。

友香が、シュウイチが、ガラス越しにエックス線室内を見る。

「野本先生ッ」

友香は短く叫んで立ち、すぐ隣室に向かった。

レントゲン撮影用機械が取りつけられたベッド。そこで野本が、今まさに意識を取り戻し、上半身を起こそうとしていた。

第三章　あの頃

1

強い西日。黄色に染まったコンクリート塀。
小さな庭。雑草の突き出た芝生。
丸まった緑のホース。鈍い蛇口の輝き。
塗装が剝げ、ところどころ錆びが出ている組み立て式の物置。
蚊取り線香。テレビアニメの再放送。ちり紙交換のアナウンス。
麦茶と果物。塩味のせんべい。手作りのクッキー。
リビングで洗濯物を畳む母。ハンガーで遊ぶ、自分。
典子が幼少期に思いを馳せるとき、頭に浮かぶのは決まってそんな光景だった。

東京都練馬区。幹線道路からは少し離れた、二階建ての多い住宅街。どの家にも小さな庭があり、趣味は違っても何かしら鉢植えが置いてあるような、典子が育ったのはそんな町だった。典子の家もそうだ。魚屋か八百屋でもらってきた発泡スチロールの箱に、キュウリやナスを植えて育てていた。

「うちでとれたのを漬けたのよ。美味しいわよ」

母、広川靖子《やすこ》は笑顔を絶やさない人だった。子供心にも、うちのお母さんは他の子のお母さんより優しいと、そう思っていた。

だが、苦労はしていただろうと思う。

典子はもとより、姉の亜紀子、そして靖子自身も皮膚に疾患を抱えていた。

自然食品を選んで買い、添加物は可能な限り避けていた。せまい庭で野菜を育てていたのも、そういった努力の一環だったのだと思う。

小さな頃、なぜ亜紀子と自分は他の友達のようにお菓子を食べてはいけないのか分からなかった。赤、緑、紫、黄、色とりどりにコーティングされたチョコレート。一枚一枚、可愛いイラストがプリントされたビスケット。二〇円入れてレバーを回し、ころりと出てくるチューイングガム。

「色のついた食べ物は、体によくないのよ」

じゃあ野菜はどうなの？　赤かったり緑だったりしてるよ？　トウモロコシだって綺麗な黄色だけど、あれはいいの？

真っ先に説明してくれるのは亜紀子だった。

「のんちゃん。お菓子の色はね、野菜とは違うんだよ。あれは絵の具でつけた色なの。本当の色じゃないの。食べてすぐお腹が痛くなるわけじゃないけど、またカユカユが増えたら嫌でしょ？　だから私たちは、もっと違うものを食べようね。私が、ちゃんと選んであげるから……」

コンビニの棚の前、亜紀子は袋の裏を一つ一つ見て、

「これにしよう。これなら大丈夫」

着色料の使われていないスナックやチョコレートを選んでくれた。

亜紀子は三つ上だから、典子が幼稚園年少で小学一年、年長のときで小学三年だったことになる。当時の亜紀子が食品の成分表示をどこまで理解して選んでいたか、それは、今となっては知る由《よし》もないが、字の読めない典子には「お姉ちゃんはすごい」という思いと、「うるさい」というそれとが常にあったように思う。

そして何より、つまらなかった。選ばれるのはいつも絵柄のない、ひどく生真面目なお菓子ばかりだった。味は決して悪くはなかったが、気分的に楽しくなかった。もっとカラ

フルで、夢のあるものを食べたかった。でもそれは、許されなかった。ときには友達から、あるいはその親、近所のおばさんなどから、広川家では敬遠される類のお菓子をもらうことがある。典子は靖子や亜紀子のチェックが入る前に、もらってすぐ口に入れた。隣に二人がいてもかまわなかった。私だって綺麗な色のお菓子を食べたい、その一心で口に放り込んだ。

家に帰り三人だけになると、やけに空気が重かった。

「のんちゃん。ああいうの食べるの、よそうよ……」

亜紀子は悲しげにいった。

「あっこ……」

靖子は「あまりいうな」と目で示し、亜紀子はそれで黙った。

そんな食べ物に対する気遣いにどれほどの意味があったのか。今となっては、あまり意味はなかったといわざるを得ない。最近は簡単な検査でアレルゲンを特定できるようになった。典子は、食物アレルギーではなかったのだ。逆をいえば、どんなに食事の制限をしても疾患の進行は止められなかったのだ。

むろん、そのことで靖子を責める気持ちなど微塵《みじん》もない。関係ないなら好きなお菓子を食べさせてくれればよかったのに、とは、たとえ生きていたとしてもいうつもりはない。

靖子は力一杯、亜紀子と自分に愛情を注いでくれた。それは間違いないと思う。

三人で風呂に入り、パンツを穿いたら薬を塗る。亜紀子は背中、腰に近い辺り。典子は右肩だ。二人とも、そこだけ皮膚が茶色く、硬くなり始めていた。靖子のそれは、ちょっと違った。脇腹と腕に出ていたが、赤っぽく、かさかさしていた。薬も亜紀子と典子は共通で、靖子だけ違うものだったように記憶している。

「典子ちゃん。これ、どうしたの？」

幼稚園に入って最初の夏。園庭の一角にある子供用プールで、園児たちは水遊びをする。典子はそこで初めて、右肩の疾患について他人に指摘された。

何も、答えられなかった。

広川家では、何かしら疾患を抱えている方が普通だったが、他の家はそうではないらしい。そのことには薄々気づいていた。でも、どうしたのかと訊かれても、上手くは答えられない。どうもしてないとしかいいようがない。ずっとそうなのだ。原因など分からない。

その当時は、特に虐められたりからかわれたりはしなかったように記憶している。顔に大きな痣のある子もいたし、腹に手術痕のある子もいた。黙っていたら、それはそれで済んだ。

だが、亜紀子はそうではなかったようだ。

典子が幼稚園から戻り、着替えを済ませて少しすると、ランドセルを背負った亜紀子が帰ってくる。何日かに一度、亜紀子は「ただいま」もいわず玄関に佇《たたず》むことがあった。ひどいときは何日も続けてだった。泣いていた。誰かに腰の疾患について揶揄され、泣かされたのだ。思えば、それは夏に多かったように思い起こされる。

そんなとき、靖子は黙って亜紀子を抱きしめ、二階の子供部屋に連れていった。典子は足を忍ばせて階段を上り、ドアの前で聞き耳を立てた。

「ごめんね、ごめんね……何も、してあげられなくて……」

靖子も泣いているようだった。

当時は「何もしてあげられない」という言葉を、「いじめっ子に仕返ししてあげられない」とか、そういう意味だと思った。今になればそれは、「病気を治してあげられない」あるいは「代わってあげられない」という意味だったと分かる。

また、靖子はときどき、

「母さんが悪いのよ……」

そんなふうに付け加えた。

靖子は、亜紀子と典子の疾患が、自分の体質の遺伝によるものだと考えていたようだ。

だが今、それは違うように思える。当時の靖子は三十代前半。あの年で、せいぜい赤くなってかさつくくらいなら、今の典子のそれとはまったくの別物と考えられる。黒い瑕は、靖子からの直接的な遺伝ではない。

だが、母親としては悩んだだろう。苦しんだだろう。

二人の娘がそろって負った重度の皮膚疾患。夜中、一方が痒みを訴えれば起きて薬を塗り、ベッドに戻ればもう一方が掻き毟って背中を血だらけにしている。当時の靖子には、寝る間も充分になかったのではないか。

それでも、笑顔を絶やさない人だった。

「はい、できたわよ。美味しいわよ」

黄身がオレンジ色の目玉焼き。宅配便で取り寄せたハム。家で焼いたロールパン。自家製のジャム。週に一度はパンケーキ。週末は和食。三人で囲む、贅沢な朝食。

着替えたら、毎日おそろいの形に髪を結《ゆ》ってもらう。そして「いってきます」の前の、抱擁。

「綺麗よ、あっこ」「可愛いわ、のんちゃん」

二人で亜紀子を見送り、家に戻り、朝食の後片付けを手伝う。

「のんちゃんはね、のりこっていうんだ、ほんとは……」

手が塞がっているときは、よく唄ってくれた。綺麗な声だった。童謡だけでなく、テレビアニメの主題歌、流行りのポップス、なんでもよく知っていた。ときどきハミングでごまかしたりしていたけれど、それが逆に面白かった。可笑しかった。

「体操は、今日は……はい。休ませてやってください」

ひどく掻いてしまった次の朝は、幼稚園の先生にそう告げ、くれぐれも目をかけてくれるように頼んでいた。特別扱いはしないでほしい、でも気にかけていてほしい。それが靖子の要望の常だった。

先生にとっては厄介な園児だっただろう。何せ、後ろに転ぶだけで右肩から血を流すのだ。それで「特別扱いしてくれるな」とは無理な頼みだが、ただ、靖子にはそういうしかなかったのだろう。先生の贔屓《ひいき》は、虐めや差別に繋がる。靖子はそれを案じていたに違いない。

典子がそれを実感したのは、亜紀子と同じ地元の小学校に入ってからだった。

幼稚園と違い、小学校には「授業時間」と「休み時間」がある。先生がいる時間といない時間がある。生徒にとってそれは、表と裏、光と影、あるいは闇。また勉強や成績という、今まではなかった「比較」という概念が、露骨に個人個人を定義していく。それには運動能力、遊び方、テレビなどメディア関連の知識、喧嘩の強さも含まれる。もちろん、容姿も。

体育の授業、クラスメートの前での着替え。典子の疾患は下着からはみ出ている。当然、「げ、広川、これなんだよ。きったねーッ」

男子生徒に囃《はや》し立てられる。幼稚園から一緒だった女の子がかばってくれたこともあった。が、その子も別件で意地悪をされると、もう典子をかばおうとはしてくれなくなった。

休み時間。亜紀子はこまめに典子の様子を見にきてくれた。きっと靖子に頼まれたのだろう、と最初は思っていた。実際、廊下で男子に囲まれてつつき回されているとき、亜紀子が止めに入ってくれた。

「やめなさいよッ。私の妹なんだからね。今度やったら許さないわよッ」

さすがに、三つも年が上だと女子でも強かった。あのときほど、亜紀子の存在をありがたいと思ったことはなかった。

だが、あとで知った。亜紀子は、靖子に頼まれて典子の様子を見にきていたのではなかった。亜紀子はクラスで孤立していた。休み時間になると、教室や校庭には居場所がなかったのだ。だから、典子の様子を見にきて、典子をかばって、世話をして、それを自分の居場所としていたのだった。

ある日の帰り道。

「広川ァ。お前の妹も、亀なんだってなァーッ」

「おっかしいなァ。走るのは速ぇのになァーッ」

「亀」

「かーめ」

「亀きょうだい」

「かーめ」

「かーめ、かーめ」

「かーめ、かーめ、かーめ、かーめ、かーめ」

同学年の男子が相手だと、亜紀子はまったく反撃できないでいた。そんな姉が哀れで、典子は一度だけ、その男子たちに突っかかっていったことがある。結果は、跳ね返されて、終わり。背中を大きくすりむいて、亜紀子に背負われて帰宅した。その日は寝るまで、亜紀子はずっと泣いていた。

だが、そんな残酷な子供社会でも、みんながみんな意地悪というわけではない。あるとき亜紀子に、力強い援護者が現われた。

「高村《たかむら》くんていうの。転校生で、スポーツ万能なの」

その頃の亜紀子は、日に日に明るくなっていく感じがした。

典子も帰り道を共にしたりして、直接高村と話をした。髪が短く、背が高く、今の典子だったら「野性味のある」と表現するところだが、当時は「なんか石みたいな人」と思った。

「お姉ちゃんのこと、好きなの？」

よくもそんなことを面と向かって訊けたものだ、と今は思う。が、当時は自分も、相手もまだ子供だった。

「……うん」

高村は、浅黒い頬をそれと分かるほど赤くして頭を掻いた。そのときの笑顔が、典子には印象的だった。いい人なんだろうなと、子供ながらに思ったものだ。

家に帰り、子供部屋で二人きりになると、亜紀子は高村について饒舌に語った。

「みんなはさ、私のこと、『亀』っていうじゃない。でも高村くん、そんなことというなって、助けてくれるの。すごいカッコいいの。二人でね、喋ってたときね、訊いたの。ほんとは高村くんだって、私の背中、亀の甲羅みたいって思ってるんじゃないの、って。そしたら高村くん、思ってねえよって、ちょっと怒ったみたいな顔して。そんでね、亀っていうより、広川、雪女みたいだって。なんか白くて、綺麗だって、そういってくれたの……それで、俺は黒いから、白い女の子、好きだって……」

亜紀子は確かに色白だった。もともと肌が白い上に、プールやその他、日焼けするようなことを一切しないためだった。同学年の女子では背も高い方だった。背中の瑕さえなければ、きっと人気者になれたに違いない。が、色白の長身というのが災いし、人目を引き、結果的にはつらい目に遭ってきた。

「瑕もね、そのうち、かさぶたみたいに、ぽろっと取れるんじゃねえのって、そういって……なんか、鼻ほじるの。そういうとき、鼻、ほじるかな……」

色黒の高村、色白の亜紀子。並ぶと、子供心にも何か「ちょうどいい感じ」に見えた。二人とも背が高いものだから、やけに大人っぽくもあった。自分も早く大きくなりたい、お姉ちゃんみたいに、強い男子に、好きだっていわれたい。

幼い典子の胸に、そんな夢が膨らんだ。

2

不思議なことに、典子には父親の記憶がない。

実父、広川智彦《ともひこ》は、養父、君島憲一と同じ大学で理学部の准教授をしていたという。憲一の説明だと、年はひと回り下で学部も違ったが、出身大学が同じだったため懇意にしていたのだという。その縁で智彦の死後、典子は君島家に引き取られ、養女となった。

智彦は生前、研究に追われて多忙だったらしい。それにしても、まったく思い出せないとはどういうことだろう。

どんな顔をしていたのか。背は低かったのか高かったのか。太っていたのか痩せていたのか。優しい人だったのか、怖い感じだったのか。どんな声をしていたのか。まったく思い出せない。

養女に入った当初は、実父母のことを口にしたり、尋ねたりするのはいけないことのように思え、典子は訊かずに過ごした。憲一、晴枝と気心が知れてからは、逆に訊く必要がなくなった。憲一にわざわざ尋ねたのは、ずいぶんと大人になってからのことだった。

「覚えて、ないのか」

恐る恐る、といった感じで憲一は訊き返した。典子が「全然思い出せないの」と答えると、憲一は何かほっとしたような息をついた。

あの日。亜紀子は小学五年、典子は二年になっていた。

亜紀子は、高村のおかげで学校で虐められることもなくなっていた。典子もその恩恵にあずかり、表立って泣かされることは少なくなっていた。

不安はむしろ家庭内にあった。

典子は亜紀子と二人、二階の子供部屋で寝起きしていた。小学校に上がってからはまったく同じスケジュールで行動していたので、当然起床時間も一緒だった。

朝七時。ちょうどに起きればそれで支度には充分だった。が、典子はその数日、亜紀子に起こされるより早く目を覚ますようになっていた。

布団から這い出て二段ベッドの上を覗くと、亜紀子も身を起こし、枕を抱えて座っていた。いま起きた、という顔つきではなかった。十分も二十分も前から起きてそうしていたような、そんなはっきりとした表情だった。

いや、違う。真剣な、あるいは宙を睨むような、そんな感じだったか。

「お姉ちゃん」

声をかけると、亜紀子は取り繕うように笑みを浮かべた。

「あ、のんちゃん……起きたの」

枕を傍らに置き、ハシゴを下りてくる。

「おはよ。早いのね」

「うん……」

得《え》もいわれぬ不安が胸に湧き出した。

亜紀子は何を睨んでいたのだろう。何を考えて、あんな顔をしていたのだろう。

「今日も、お天気よくないね」

二つ並んだ机、その向こうのカーテンを開け、亜紀子は長い髪を後ろに括りながらいった。時間割を確認し、ランドセルに教科書やらノートやらを詰め始める。本当は寝る前にやればいいのだろうけれど、特に靖子の干渉もなかったので、朝する習慣になっていた。

だがそれは、朝食のあとでいいはずだった。

「ほら、のんちゃんも入れちゃいな」

典子は頷いて従った。が、胸の不安は重さを増していた。本当は部屋を出たかった。廊下に出て、階段を下り、ダイニングで、早く靖子の顔を見たかった。テーブルに並べられる朝食を見て、幸せな気分にひたりたかった。

時計を見ると六時五十分。今いけば、きっと靖子なら、「あら早いのね、えらいわね」といってくれる時間だ。

典子はドアに向かった。

「のんちゃん、待ってッ」

すぐに後ろから亜紀子に抱きすくめられた。

「……七時まで、待って」

亜紀子の声は震えていた。

途端、泣きたくなるほど怖くなった。ドアの向こうで何か悪いことが起こっている。亜紀子はそれを知っている。それから典子を守ろうとして、待てといっている。では、靖子はどうなってしまうのか。鼻歌を唄いながら朝食の支度をする母は、そのことを知っているのか。危険はないのか。

膝をつき、向かい合い、典子は亜紀子の胸に顔をうずめた。耳に伝う彼女の激しい鼓動は、ニュースで見た台風、洪水、そんなものを思い起こさせた。さらに亜紀子が力を込める。かえって不安が増した。まるで亜紀子の動揺が、そのまま典子の脳に伝染してくるようだった。

しばらくそうしていると、

『朝だよーッ、起きてくださーい。さあ、今日も一日、元気にがんばろうねーッ』

ベッドの上段、アニメキャラクターの声でメッセージが流れる亜紀子の目覚まし時計が鳴った。ふと力がゆるむ。胸から顔を離し、見上げると、亜紀子はまた取り繕うように微笑んだ。

「そろそろ、いこうか……下」

亜紀子が立ち上がる。典子も倣う。手を繋ぎ、亜紀子がドアを開ける。廊下は明るかった。天気は曇りだったが、それでも充分に白い光が回り込んでいた。

隣、両親の寝室のドアは閉まっていた。そこに靖子はいない。もうとっくに起きて、朝食の支度をしているはずだから。その向こうにはトイレと洗面所、ベランダに出る大きな窓がある。折り返すように、階段が下に向かっている。

階段は、ちょっと暗い。だが下にはリビング、キッチンがある。曇っていても、光が満ちる明るいダイニングがある。そこで、靖子が二人を待っていてくれる。朝食を作りながら、「おはよう」と優しくいってくれる。

だが下にいっても、靖子の姿はなかった。キッチンにもダイニングにもいない。背後、まだ廊下に立っていた亜紀子が、すっと息を呑むのが聞こえた。典子は振り返り、一歩廊下に戻ろうとした。

「駄目、のん……」

亜紀子が遮るより前に、何かの音が聞こえ、典子はそっちに顔を向けた。

廊下の先にはトイレ、浴室、四畳半の部屋がある。その部屋の前に、靖子は立っていた。いまドアを閉めたばかり、そんな様子だった。明かりはなく、表情は分かりづらかった。

「あ……お、おはよう。早いじゃないの」

まただ。亜紀子と同じ、靖子の声には取り繕うような響きがあった。無理に明るくしている。なぜだ。なんなんだ。二人は一体、何をそんなに怯えているのだ。

「おはよう、お母さん」

倣って典子もいう。

「……お、はよう。お母さん」

「はい、おはよう。もうご飯できてるわよ。美味しいわよ」

もう、いつもの靖子だった。だが、それだけで典子の不安が鎮まることはなかった。

暗い廊下の先。靖子はなぜ、あのドアの前にいたのだろう。そこはなんでもない、誰も使っていない部屋。普段は鍵がかかっている。中からは普通に開けられるが、外からは鍵がなければ開けられないようになっている。靖子はあの部屋で何かしていたのだ。それを終えて出てきたのだ。二人が七時になってすぐ起きてきたので、図らずも出てくるところを目撃してしまったのだ。もう一分でも三十秒でも遅ければ、見るはずのない光景だった。

「お母さん……」

何をしていたのか訊こうとして、だがすぐ亜紀子に睨まれた。

靖子が、不安げに自分たちを見比べる。その目が亜紀子に止まる。二人で、目で何か示し合わせている。典子が亜紀子を見ると、

「……あ、ほら、のんちゃんの好きなベーコンエッグだよ。どうする？　パンにはさむ？　ん？」

ダイニングのテーブルに目を向け、亜紀子は典子の肩を抱く。靖子もそそくさとキッチンに入り、冷蔵庫を開ける。

「飲みものは、麦茶でいい？　まだちょっとなら、グレープフルーツジュースもあるけど、んん……二人分には、ちょっと足りないかしら」

「あ、だったら、のんちゃんにあげて。私、麦茶でいいから」

「あらそう？　よかったわね、のんちゃん、お姉ちゃん、優しいね」

子供ながらに、その様子は空々しく感じられた。だが、問いただすのは怖かった。結局、典子はごまかされる恰好で朝食を済ませ、登校の準備をし、いつものように亜紀子と学校へ向かった。

学年が離れていれば、毎日一緒に下校できるとは限らない。だがその日は一緒だった。典子が亜紀子を待ったのか。そもそも同じ時間まで授業があったのか。とにかくその日は一緒に家に帰った。

ドアの鍵が珍しく閉まっていた。いつもは靖子が、帰ってくる時間に合わせて開けておいてくれる。うっかりしたとしても、呼び鈴を押せば開けに出てきてくれる。

「おかしいね」

その日、何度押しても靖子は出てこなかった。

隣、亜紀子の表情が見る見る曇っていく。

「お姉ちゃん。鍵、開けてよ」

亜紀子は合い鍵を渡されている。が、なかなかそれを出そうとしない。典子にいわれ、渋々ランドセルの、あまり使わないチャック付きのポケットから取り出す。それでも、まだ挿さない。

「お姉ちゃん」

「お遣《つか》い、いってるのかも……」

そんなはずはない。そんなことは、今までに一度だってなかった。それに、靖子が買い物にでかけているならなおさら、亜紀子は鍵を開けて入るべきだ。

だが、そうはいえなかった。その朝に感じた不安が、また典子の胸に湧いて広がった。

やはり、亜紀子は何か知っているのだ。靖子が今どういう状態にあるのか、中で何が起こっているのか、亜紀子は知っているのだ。知っていて、なお典子を近づけないために、ドアを開けようとしないのだ。

すると、

「……あら、お帰りなさい。ちょっと、開けるの遅くなっちゃったわね」

ひょっこりと靖子がドアから顔を覗かせた。

「お母さんッ」

典子は叫び、そのまま靖子の首にしがみついた。

隣で、亜紀子が深く息を吐くのが聞こえた。

「どうしたの、典子」

それを訊きたいのはこっちの方だ。何をしていたの。何度も呼び鈴を押したのに、どうしてすぐに出てきてくれなかったのだ。

靖子のうなじ。にじんだ汗。貼りついた後れ毛。ピンで留めた髪が乱れ、ふわふわと頬にくすぐったい。何かが違う。どこか、いつもの靖子と違う。今ドアを通って家の中に入ったら、そこはいつも通りの玄関なのだろうか。リビングやダイニングはどうなっているのだろうか。

背後で、入ろう、と亜紀子が促す。

「そうね。すぐ、おやつにするからね」

靖子も従い、典子の左肩をぽんと叩いて立ち上がった。

おやつはバナナ、麦茶、それから確か、ポテトチップス。

亜紀子と典子は再放送のアニメを見る。

靖子はその間に夕飯の支度をする。

食べ終えて、風呂に入るのが夕方六時半。

添加物の入っていない石鹼。ナイロンタオルなどは使わず、肌を刺激しないよう手で洗う。特に背中は、靖子が丹念に洗ってくれる。

またそれは、今日一日の出来事を報告する貴重な時間でもある。

「根岸《ねぎし》くん、飛び箱、失敗しちゃってさ。手、怪我しちゃったの。もしかしたら、折れちゃったかも」

根岸は、亜紀子を虐めていたクラスメートの一人だ。亜紀子はあくまでも心配そうにいったが、典子は内心いい気味だと思い、亜紀子も実はそう思っているのではないか、などと考えた。

「のんちゃんは？　今日は図工があったでしょう」

「……うん」

だがその日、典子の心は、朝から続く得もいわれぬ不安に支配されており、とても今日の出来事など思い出して報告する心境ではなかった。

「なんだった？　この前の続きだった？」

靖子は実に細《こま》やかに、子供たちの生活を把握していた。学校での授業、人間関係、登校時と帰宅してからの体調の変化。普段は典子も包み隠さず、細大漏らさず報告するのだが、この日はその受け皿となるはずの靖子が、亜紀子が、大袈裟にいえば典子を取り巻く世界のすべてが、典子を裏切って秘密を抱えているように思えた。あたたかく、優しく受け入れてくれるはずの家族にすら、表と裏があり、光と影があるように感じられてならなかった。


入浴を終え、いつもの薬を塗り、歯を磨き、子供部屋に上がる。

亜紀子と典子が二段ベッドの上下に分かれ、それぞれ靖子と抱擁を交わし、

「はい、おやすみなさい」

靖子が電気を消して部屋を出る。階段を下りていく。

街灯の明かりが、カーテン越しに仄白く射し込むだけの部屋。まだ眠くない夜は、二人で延々話し込むこともあったが、その日は亜紀子が、「おやすみ」と短くいって黙り込んだので、典子もそのまま目を閉じ、たぶんすぐに眠ってしまった。得体の知れない不安は、自分の匂いの染み込んだベッドが、優しく吸い取ってくれた。

何時頃だったのだろう。典子は耳慣れぬ騒がしさと胸苦しさで目を覚ました。すぐに、ガラスの割れる音がした。

「……お、お姉ちゃん？」

返事がない。

「お姉ちゃん、お姉ちゃんッ」

下段から抜け出て覗いたが、上段に亜紀子の姿はなかった。

クサい。焦げ臭い。息が苦しい。

典子は辺りを見回し、枕を取って口に当てた。

廊下に出ようと握ったノブが、普段より熱い。

引き開けると、

「ウッ……」

向こうの窓に射し込む明かりが、灰色の煙に曇っていた。

息苦しさが急激に強まる。

「典子ォーッ」

階段の方、靖子の叫び声が聞こえた。

見ようとするが目が痛い。涙を拭って再び睨むと、突き当たりの壁と、ベランダに続く窓にオレンジの光が踊っていた。

立ち込める熱気。押し寄せる煙。強い風の音。何かが鋭く爆《は》ぜる。また、どこかでガラスが割れた。

「典子、典子、典子ォーッ」

階段口に靖子の頭が覗き、こっちを振り返った。

「お母さんッ」

典子は走った。

靖子も上りきり、典子を迎えるように手を伸ばした。

その手を摑もうと、典子も手を伸ばした。が、その瞬間、靖子は階下を見て、叫ぶように口を開き、そのまま一人、転げるように階段を下りていってしまった。

典子はまた一人、二階に取り残されてしまった。

もう、声も出なかった。

見ると階下はまさに火の海。廊下は見たこともない明るさに照り返っていた。

そこに、両手を広げた亜紀子の姿があった。

靖子はそこに駆け寄ろうとしていた。

亜紀子の前には、ひときわ大きな炎があるようだった。

その炎に、立ち塞がるようにして亜紀子は立っている。

靖子が亜紀子を後ろから抱く。放り投げるように玄関へと突き飛ばす。靖子は巨大な炎に背を向け、やはり立ち塞がるように両手を広げた。

「……亜紀子、典子を、典子を連れて、早く逃げてッ」

尻餅をついた亜紀子が見上げる。

典子は中段まで自力で下りてきていた。

「のんちゃんッ」
二、三段上った亜紀子が典子の手首を摑む。
骨が軋《きし》むような握力。体が浮き上がるほどの勢いで、典子は玄関に引っ張られた。

亜紀子が鍵を開け、ドアノブを握る。

「アアァアーッ」

その掌が焼け、煙が出る。

「アアッ」

開け放たれたドア。

典子の背中を押したのは亜紀子か。熱風か。

冷たい外気と夜の闇を全身に感じた。

サイレンと、怒声、破裂音も。

亜紀子はまだ玄関で、外の典子と、中の奥を見比べていた。

その背後に靖子の姿が覗く。が、その瞬間だった。

靖子は背後から、黒い人形《ひとがた》の炎に抱きすくめられ、すぐに、見えなくなった。

3

救急病院に運ばれ、典子はそのまま入院した。

智彦の両親、茨城の祖父母はすでに他界しており、伯父と、当時まだ結婚していなかった叔母が見舞いにきてくれた。母方は埼玉の祖母と、青森に転勤したばかりの叔父夫婦が駆けつけてくれた。

しかし誰も、智彦と靖子については話をしない。

「よかったよ、のりちゃんが無事で……」

身の周りの世話をしてくれたのは埼玉の祖母だった。

「お母さんはどうしたの？　お父さんは？　お姉ちゃんは？」

祖母はつらそうな顔をするばかりで、やはり両親については語らなかった。

「あっこちゃんは、ちょっと火傷がひどくてね。別の病院で、治療を受けてるけど……」

典子は比較的軽傷だった。髪が焦げたくらいで特に火傷と呼ぶほどのものはなく、怪我といっても玄関から放り出されたときに左手首を捻り、小指を骨折した程度だった。

火事がどれほど怖いものか、逃げ遅れたらどうなるか。典子はもう充分に理解できる年になっていた。ひどい火傷といわれるくらいだから、逆に亜紀子が生きているのは間違いない。だとしたら靖子は？　智彦は？　助からないほどの重体か、あるいはもう息を引き取ってしまったのか。どちらにせよ、絶望的なのは間違いないように思われた。

典子はそれ以上訊かなかった。いや、訊けなかった。

目を閉じるまでもなく、あの光景が脳裏に広がる。

典子はただ沈黙し、内なる炎の圧力に耐えた。

現実に上塗りするように、あの場面が重なって見えてくる。

目を刺す強烈な光。病室の白い天井。熱風と破裂音。適温に設定された空調。針の束を呑み込むような息苦しさ。清潔な布団の匂い。決して交わることのない過去と、現在。そうと分かっていながら典子は、その混沌とした幻の炎にあえて炙られ、いつ訪れるとも分からない鎮火のときを待った。

夜。消灯と同時に、典子は泣くことを自らに許した。ただ泣いて、泣き続けた。眠りながらもなお泣いていたのか、朝になると目の周りがひりひりと痛んだ。

昼間は沈黙を通し、消灯からは夜通し泣く入院生活。典子の体内で一日に再生されるのは、夜に流す涙の水分だけのように思えた。そのお陰か、涙が枯れることは決してなかった。

父も母も死んだ。

典子は少しずつ、それを受け入れた。

父も、母も、死んだ。

そう心で唱えるたび、体内で、何か大切なものが腐って溶けていくようだった。同時に、疑問に曇った頭から、有毒なガスも抜け出ていく。

損失と虚脱。

推測と落胆。

理解と絶望。

今なら当てはまる単語を並べることもできるが、当時は何か自分という存在自体が崩れていくような、たとえば砂のように細かくなり、風に少しずつ巻き上げられ散っていくような、そんな感覚に心を委ねるのみだった。

入院は一週間で、あとはそのまま埼玉の祖母の家に身を寄せた。

家族で泊まったときと違い、祖母の部屋に布団を敷いてもらった。家のベッドとも、以前泊まった和室とも違う、祖母の匂いのする部屋。そこで典子は、初めて両親の死を告げられた。

「……のりちゃん。あんたは、もうとっくに、分かってるのかもしれないけど、お父さんも、お母さんもね、その……つまり、助からなかったのよ。のりちゃんには、私ね、気の毒で、なかなか、いえなかったんだけども、でも、いつまでもね、黙ってても、いられないから……」

そのタイミングが正しかったのか否か、それはなんともいいようがない。ただもう、激しく泣き出すような、そういう心境ではなくなっていた。

「お姉ちゃんは……」

すると、祖母は強く奥歯を嚙み締め、目を伏せた。

「あっこちゃんは、だいぶ、ひどくてね……」

「お見舞い、いきたい」

「それは、まだ、駄目なんだよ」

「私、お姉ちゃんに会いたい」

「まだ、会えないんだよ。今はまだ、会わん方がいいのよ」

典子が、祖母から亜紀子について聞いたのは、それだけだった。

養女の話がきたのは、それからひと月ほどしてのことだった。

「君島さんて方でね、お父さんの先輩になる人なんだけど。どうかしら、のりちゃん。大学教授でね、とってもきちんとした方だし、のりちゃんのことも、何から何まで、ちゃんと分かってくださってる方だから」

祖母の生活に典子を養っていく余裕がないことは薄々分かっていた。また、どうしても祖母と暮らしたいと思うほど、なついているわけでもなかった。ただ、亜紀子のことだけは、どうにも気がかりだった。

「あっこちゃんは、まだ退院できないんだよ。あっちはあっちで、また大変だから……。だから、のりちゃんはひと足早く、っていったら、なんかあれなんだけど、でも少しでも早く落ち着いて……うん、落ち着いた方が、ばあちゃんもいいと思うのよ。そりゃね、ばあちゃんがずっと面倒見てやれたら、それが一番いいのかもしれないけど……私も、もう年だしね。のりちゃんが大人になって、お嫁さんになるまで、見てやれたら、それが、本当は一番、いいんだろうけれど」

亜紀子の様子はおって知らせる、容体が安定したら、面会できるようになったら見舞いにも連れていく。祖母はそう約束した。交換条件に、というのでもなかったが、典子は養女にいくことを承知した。

結果的に、祖母はその約束を果たすことなく、この世を去った。

典子の新しい生活が始まった。

ちょうど五十歳の憲一と、四十代半ばの晴枝。細かい生活習慣などで広川家とは違いがあったけれど、典子も八歳になっていたのでいわれればすぐに直すことができた。そもそも、靖子や亜紀子としていたのが子供にしては禁欲的な生活だったので、すでにあった制約が別の決まりになったと考えればさしたる苦はなかった。

とはいえ、典子が子供であることに変わりはない。両親と死に別れ、たった一人の姉とも離れて暮らすという、それだけでも精神的負担は大きかった。加えて、顔もまだ見慣れない大人に「お父さん」「お母さん」と接しなければならない。さらにいうと、二人の年齢は母親よりもむしろ祖母に近い。典子はストレスを表情にこそ出さなかったが、体には顕著にその影響が表われた。

ひどく掻き毟ってしまう夜が続いた。右肩の瑕は黒さを増し、激しい痒みに典子はもがいた。

ある朝、台所に立つ晴枝の頬に大きな掻き傷ができていた。典子は自分の右肩を掻こうとして、後ろから抱いてくれていた晴枝の顔を引っ掻いてしまったらしかった。晴枝は

「気にすることないよ」とこともなげにいったが、気にせずにはいられなかった。自分が健康ではないという負い目、気にするなというわりに冷たく感じられる晴枝の態度。やがて、典子は昼間も放心状態のまま掻き毟るようになった。

急激な環境の変化によるストレス。それがいつ、どうやって解消されたのかは記憶にない。特別なことはなかったように思う。徐々に、少しずつ気づかぬうちに軽減され、やがてなくなったのだろう。強いて挙げれば、君島家で初めて迎えた誕生日。憲一の知人に「娘の典子です」と紹介されたこと。晴枝が編んでくれたセーター。草津への温泉旅行。そんな出来事の一つ一つが、徐々に三人を家族にしていったのだと思う。

転校した学校でも、多少の嫌がらせはあった。が、転入当初というのは担任教師もそれなりに目をかけてくれる。両親を亡くし、皮膚に疾患を持っていると聞かされればなおさらだ。お陰で、新しい学校ではさほどひどい目には遭わずに済んだ。

また典子も、周囲の目をかわす術をある程度身につけていた。特別目立つことをしなければ、大人しくさえしていれば、全員が全員敵に回るわけではないだろう。その内の一人くらいは友達になってくれるだろう。そうのんびり構えることができたのは、亜紀子と高村のいきさつを見ていたからだ。

ちょうど学校にも慣れた頃だったろうか。ある夜、典子は晴枝が電話で話すのを、聞くともなしに聞いてしまった。

「……ええ、はい。でも、そんな……ええ……それは、亜紀子ちゃんが、そういってるんですか……ええ……ええ。でも、なんでまたそんな……ええ……はい……いいえ、主人はそういうことは専門外ですが、相談できる人は周りにおりますので、ええ……はい。お力になれると……はい、では明日にでも……はい……いいえ、でもね、吉川《よしかわ》さん、いくらなんでも……いや、カンベツショなんて、そんなのあり得ないですよ。カサイが、そういうふうにいったんですか……いいえ、だったらまだ……はい、違いますよ、それは。だってそんなの……」

吉川というのは靖子の旧姓だから、晴枝が話しているのは埼玉の祖母か、青森の叔父であろうと思われた。どちらにせよ、晴枝は母方の誰かと、亜紀子のその後について話していた。

当時は「カンベツショ」が「鑑別所」で、少年院の一歩手前の措置であるだとか、「カサイ」が「火災」ではなく「家裁」、つまり家庭裁判所で、亜紀子の不良性について社会的審判が下されようとしているだとか、そんなことは分からなかった。典子はただ、亜紀子が何かよからぬ事態に陥っていると、そんなことを漠然と、晴枝の口調から察するのみだった。

盗み聞きした手前、亜紀子に何があったのか尋ねるわけにもいかなかった。機会を窺って、それとなく憲一に訊いてみたことはあったが、

「んん。亜紀子ちゃんについては、私たちはよく知らないんだよ」

とぼけられてお終《しま》いだった。憲一の真意がどうであったのかは分からない。が、当時の典子は、そんなことは訊いてくれるなと、昔の家族のことは忘れて、私たちと仲良くやっていこうと、そういうことだろうと察し、諦めるしかなかった。


炎に包まれた家。開け放たれた玄関。典子を戸外に突き飛ばし、廊下を振り返った亜紀子。母の身を案じ、次に自分が何をすべきか、迷って逆に動けなくなったような、あの後ろ姿。それが、典子の見た亜紀子の最後の姿だ。

あの背中を、典子は片時も忘れたことはない。

何年経っても、あの背中はとてつもなく大きかったように思い出される。会いたい。その想いは常にあった。が、実際に連絡をとろうとしたことも、広川の親戚に亜紀子の消息を尋ねたこともなかった。

自分には新しい家族がいる。過去をほじくり返し、今の両親との間に亀裂を生じさせた

くはなかった。一歩一歩、少しずつではあるが、家族の形になっていっている。その近づきつつある距離を大切にしたかった。

またそれを、亜紀子に知られるのがつらかった。本当のところはどうだか分からない。が、もし亜紀子がいまだ不幸な状況にあったり、ひどいといわれた火傷が治っていなかったりしたら。そう考えると、骨が軋むほど胸が痛んだ。

自分だけが幸せになっている。自分は亜紀子を裏切っている。自分は亜紀子を、今もあの烈火の中に置き去りにしたままだ。

亜紀子に会いたい。その気持ちと同じ強さで、典子は亜紀子に会うのが、怖くて堪らなかった。

4

友香は駆け寄り、右肘をついて半身を起こした野本の体を支えた。

「野本先生、よかった……よかった」

シュウイチは隣室とを隔てるドア口に立ち、様子を窺っている。

典子はまだ、パソコンのモニターに映し出される亜紀子の姿から、完全には目を離せずにいた。

　これが、お姉ちゃん――。

　個人データの添付写真はおそらく、ここに入院したときのものなのだろう。典子の知る姉、十一歳だった亜紀子、その面影を存分に残している。なんの予備知識もなく見せられたら分からないかもしれないが、そうと分かってさえいれば違和感なく姉と認められる。典子にとって、「広川亜紀子」はそんな女性だった。

「ここは……どこ、なんですか」

「先生、私、先生が、ずっとこのままなんじゃないかって、心配で……」

「センターだよ、セ、ン、タ、ア。遺伝子治療研究センター。あんた、事故に遭ったのは覚えてる？」

　だが、最新映像の亜紀子は、まったくもって変わり果てた姿だった。顔は、まだかろうじてその変化に冒されてはいなかった。しかし、それはもう、顎のすぐ下まで迫ってきている。

「俺たちで運んだんだよ。あんたを、ここまで」

「……他の、方は」

「運転してた奴なら死んだぜ。つまり事故死だ。それから俺の隣にいた男もな。窓から出ようとして、そんとき車が何度目かの横転してよ、それで、クチャッとな……思い出すだけで吐き気がするぜ」

「先生、大丈夫ですか。どっか、痛いところとかないですか」

亜紀子は幼少期、自分と同じ病《やまい》に冒されていた。疾患に苦しんでいた。それが治らず、やはり自分と同じように決定的な治療方法を見つけられず、ここに、入院していたのだろうか。

「首が少し、痛いけど、他は……私は、気を、失っていたんでしょうか」

「そうだよ。あんたが大鼾《おおいびき》搔いて寝込んでる間に、いろんなことがあったんだよ……あった、っつーか、分かったっつーか、調べたんだけどな。俺らが」

すると、この亜紀子と同じ状態に、つまり、いずれは自分もなるということなのか。入院時の写真より、最新の映像の方が明らかに病状は悪化している。つまり、ここで施されたであろう遺伝子治療もまた、自分たちの疾患には無効だということなのか。

「何が、あったんですか」

「おう。涙なしにゃあ語れねえぜ。聞いて驚け。このセンターの住人は、医者も患者も全員、腹搔《か》っ捌《さば》かれて死んじまったよ」

「は？」

「……アベさん」

「なんだよ。本当のこったろうがよ」

黒い瑕は、放っておくと全身に広がるのか。転移するのか。

いや、そうとは限らない。亜紀子は十五年前、ひどい火傷を負ったはずだ。黒い瑕は、周りが傷つくとそこを足がかりにして広がっていく。まるで健康な肌と領地を奪い合うように、我先に傷ついた部分を配下に治めていく。

「全員……死んだ？」

「あんたも見にいくか？　すっげーぞ、ここは。地獄だぞ。地獄絵だぞ、まさに」

「……つまり、ここの人たちは全員、何者かに殺された、と、いうことですか」

「だからそういってるだろうが」

亜紀子の症状がひどいのは、あの火傷のせいではないだろうか。火傷を負ったせいで、急激に全身に広がったのではないだろうか。

いや、それは違う。入院時の写真は、そこまでひどくはない。いや、それも違うのかもしれない。首から下は、もうすでに、真っ黒に――。

「誰が……そんなことを」

「知るか、そんなの。っつーかよ、人間の仕業かどうかも分かんねえぜ。だってよ、腹を

よ、腹をだよ？　こう、ばっくり、ごっそり、なんつうか、食われちまった感じでよ。そりゃもう、見るに耐えねえぜ」

「そんな……まさか」

「まさかじゃねえよ。嘘だと思うならいって見てこいよ。向かいの事務所に二つ転がってっからよ」

「アベさんッ」

しかも、最新映像の亜紀子は、肌が黒く硬くなっただけでなく、その骨格から根本的に変化してしまったように見える。そう、決して見間違いなどではない。どの角度から見ても、体つきが普通ではない。異様だ。こんな言い方はしたくないが、だが、あえていうとしたら――人間に、見えない。

「すみません。状況が、よく、呑み込めないのですが」

「まあ、そうだろうな……だからさ、俺たちは事故に遭っただろう。車ごと、谷底に落っこちたでしょう。あそこから逃げ延びたのは俺と、この子と、ほら、そこの典子さんよ。あんたはネンネしたまんま、ここまで運ばれてきたの。でも着いてみてもさ、ここには誰もいねえのよ。そんでひと部屋ずつ見て回ったら、ぽつんぽつんと、あっちに二つ、こっちに三つって具合に、死体が転がってたの。全員、内臓食われて死んじまってた。ちなみに外の道は雪崩で塞がってるし、電話は一切通じねえからそこんとこよろしくな。さあ、一体何が、どうなってしまったのでしょう。怖い怖ぁーい」

「アベさんッ」

「あんだよさっきからうるせえな」

さらに不可解なことがある。この最新映像の日付は今からちょうど二週間前になっている。それ以降の記録は、ぱっと見た限り見当たらない。先に見た男性の記録は一昨日の分まであった。他のディスクも見てみなければ分からないが、少なくともここは医療機関だ。患者がいるのに記録を怠るなんてことはないだろう。

「先生は気を失ってたんだから、別に、ただ寝てたわけじゃないんだから、そんな言い方しなくたっていいでしょ」

「いいんだ、友香ちゃん……アベさん、でしたよね。すみませんでした。ご迷惑を、おかけしました」

「おう。お目々覚ましたからにゃあ、これからはあんたにもたっぷり働いてもらわねえとな。なあ、典子さんよ」

ということは、つまり亜紀子は、二週間前にこのセンターからいなくなっている可能性が高い。この状態から考えて、治って退院ということはないはずだ。ではどうしたというのだろう。まさか、二週間前に、すでに、死んでしまったのでは——。

「おい。あんたさっきから、何を真剣に……」

シュウイチがこっちまできて覗き込もうとする。典子は慌ててマウスを摑み、亜紀子の体が映ったウィンドウを閉じようとした。が、

「……げっ、なんだそりゃ」

間に合わなかった。

第四章　告白

1

「やめてッ」

典子はモニターに覆いかぶさり、変わり果てた亜紀子をシュウイチの目から守ろうとした。

「なんだよ今の。見せろよ、おいッ」

シュウイチが典子の肩に手を掛ける。

「ウッ」

その親指が、瑕と肌の境目に喰い込んだ。一番弱い、傷んだ部分を抉られる。Tシャツに血が滲む。甘い温度と苦い痺れが、同時に背中に広がっていく。

思わず典子が膝をつくと、シュウイチの手はずるりと離れた。

「君島さんッ」

すかさず野本が跳び込んでくる。シュウイチを押し退けたのか、背後でブラインドの乱れる音がし、すぐにあたたかい気配が両肩を包んだ。

「大丈夫ですか、君島さん」

「あ……はい」

肩越しに見る野本の顔はまだ蒼かったが、表情ははっきりしており、意識は確かなようだった。

「いっきなりラブかよ、おい」

しかしそれを、野本が気にする様子はない。

「……すみませんでした。何か、大変なことになっていたようで。大丈夫ですか」

野本に肩を抱かれる。体が、熱くなる。

「でも、先生は……」

「僕が強引に勧めて、連れてきたのに、その僕が、ずっと気絶していたなんて……」

典子の背中を見る。

「こんなに切れてるじゃないですか。事故ですか。事故で、こんなに」

するとシュウイチが割って入ってきた。

「あ、それは俺だよ。今ちょっと、慌ててうっかり、やっちまったんだ」

「キサマッ」

立ち上がった野本がシュウイチに摑み掛かる。

「な、なんだよ。ちょっと、触っただけだろうが」

「キサマそれがッ」

野本が両手で、シュウイチの胸座《むなぐら》を摑んで引き寄せる。

典子は慌てて止めに入った。

「やめてください」

「それが、それが君島さんに、どんなにッ」

野本は我を失っているようだった。こんな顔、見たことない。

「あんだテメェ」

「先生、やめてくださいッ」

典子が二人の間にもぐり込み、押し分けると、野本はようやくシュウイチから手を離した。見上げると、野本は泣きそうな顔をしていた。

「大丈夫です。私、大丈夫ですから……落ち着いてください」

すると、野本は憑き物が落ちたように視線を下げ、

「……すみません、つい」

誰にともなく呟いた。

「つい、なんだよ……ケッ。堪んねえなこりゃ」

シュウイチは襟元を直しながら去り、ガラス窓の向こうでタバコに火を点けた。ドアロでは、友香が心配そうに双方を見比べている。

「すみません。なんか、自分が、情けなくて、なんか、急にカッとなって……」

肩をすぼめた野本が、向こうの部屋に歩いていく。

「アベさん、すみませんでした。あなたに、こんな態度をとれる立場じゃないのに……本当に、申し訳ありませんでした」

深く頭を下げる。シュウイチは振り返らず、気にするなという意味か、うるさいということか、肩越しに手を振った。

「でも、典子さん、それ」

友香が指差したのはモニターだ。まだ、亜紀子の様子が映し出されている。

「……うん」

もう典子も、隠そうという気がなくなっていた。

「なんなんです、これは」

しばらくして戻ってきた野本が、訝《いぶか》るように画面を見る。

友香が、一つ頷いてから始めた。

「何か分かったらいいなと思って、上の検査室から持ってきたんです。患者さんのデータがいっぱい入ってるんですけど、なんか、この女の人って……」

そこまでいって、こっちを見る。気づいた野本も典子を見る。典子は、頷くしかなかった。

「これ、私の姉なんです。十五年前に、生き別れたきり、会ってないんですけど……」

窓越しのシュウイチを見る。

床でタバコを踏み消す彼と目が合う。典子は軽く頭を下げ、こっちにくるよう目で示した。シュウイチは鼻で笑うようにひと息吹いてから、ぶらぶらと近づいてきた。

「……ま、それが大人の態度ってもんだよな」

シュウイチが野本の後ろに立つ。

「すみません」

典子はもう一度頭を下げた。

シュウイチが勝ち誇ったように野本の肩を叩く。

「先生。あんたには、今一つピンとこねえかもしんねえけど、今ここで起こってることはよ、もうマジで、とんでもねえことなのよ。十人以上死んでんだよ。ちゃんとは数えてねえけど……そんであんた、そうやって典子さんをかばって何様のつもりかしんねえけど、ここじゃ医者も患者も関係ねえんだよ。生きてっか死んでっか、それしかねえんだ」

友香が気まずそうに頷く。典子も、同感だった。

シュウイチが続ける。

「そんで典子さんよ……そりゃね、分かるよ。身内が監視されてる映像、しかも俺みたいな男に、見せたかねえよな。よく分かるよ。けどよ、俺たちが今、一番に考えなきゃならないのは何よ。生きてここを出ることじゃねえの。その方法を考えることじゃねえの。そのためにそのディスクをあんたらは持ってきたんだろうが。危険もかえりみずさ……いいかよ。俺たちは今や、運命共同体なんだよ。好かねえ気に喰わねえいってる場合じゃねえの……それと、この際だからいっとくけど、俺と典子さん、実は犯人を見てんだよ」

息を呑んだ友香がシュウイチの顔を見上げる。野本は典子を見る。

典子は、シュウイチを睨むしかなかった。

「ちょっとアベさん。いい加減なこといわないで」

「見ただろうが。えらくすばしっこい野郎をよ」

「そうなの？　典子さん」

友香に袖を引っ張られる。

「見た、っていっても……ちょっと、影が見えた気がして、追いかけていったら、二階のエレベーターホールの前で、見失って……それだけなのよ」

「おい」

シュウイチが声を荒らげる。

「はっきりいえよ。見失ったんじゃねえだろ。俺たちの前から、消えたんだろうが、あの野郎は」

野本も友香も呆気に取られた様子でシュウイチを見る。

典子は、すぐには何も言い返せなかった。

シュウイチが続ける。

「それとさ、たった今の思いつきでワリいんだけど、この際だから遠慮なくいわしてもらうわ……俺さ、あの影、実は典子さんの姉さんなんじゃねえかと思うんだけど、そこんとこあんたはどうよ」

「えっ」

正面から、胸に杭を打ち込まれたようだった。

そんな――。

「アべさんッ」

友香がシュウイチを睨む。

野本はわけが分からないという顔で典子を見ている。

腕を組んだシュウイチが顎で外を示す。

「だってよ、ここで死んでるのはみんな男なんだぜ。全部の部屋を見て回った俺がいうんだから間違いねえよ。ってことはだよ、典子さんの姉さんはどうなった、ってことよ。簡単だよ。生きてんだよ。どうしてか。そりゃあんた、犯人だからだよ。そんで典子さん、あんたそれ、実はピンときてたんだろ。あの姿を見たときか、その映像を見たときかはしんねえけど、だからあんた、さっき隠したんだろ。俺に見せねえようにしようとしたんだろ」

「やめてよッ」

叫んだのは友香だった。

「そんなの、あるわけないじゃない。だって、大の男を十何人も、女の人一人で殺して回って、しかもみんな、お腹をガバッてやられてるんでしょ。そんなこと、できっこないじやない」

シュウイチがチンピラじみた目で友香を睨む。

「だから、そこを拘るなっつってんだよ。そんなの男だってできねえよ。それいったら男も女もねえのよ。逆にいったら、女だからってなんもかんも無実じゃねえんだよ。分かるかいお嬢ちゃんッ」

亜紀子が、犯人——。

そんなことは正直、考えてもみなかった。

シュウイチにモニターを見せたくなかったのは、単に亜紀子の変わり果てた姿が不憫《ふびん》だったからだ。確かに、あの影を見たときに何か引っ掛かるものは感じた。しかしそれは、今も定かにはなっていない。決して、あの影が亜紀子だと思ったわけではない。そもそも、ここに亜紀子がきていたと知ったのはディスクを見てからだ。それまでは、自分に姉がいることすらまったく頭になかった。

ただ一つ、思いついたことがある。

「……でもね、アベさん。あのディスクを見る限り、姉の資料は、日付が二週間前のものが最後なの。それが何を意味するのかは分からないけど、でももしかしたら、二週間前に、もう姉は退院してるのかも」

「あのな、そんなのはな」

するると、野本が「ああ」と割って入った。

「それは、あり得ることですよ。ここはそもそも十人しか患者さんを受け入れられない施設なんです。どんなに希望しても、誰かが退院しなければ、誰かが出ていかなければ、新規に入院患者を受け入れることはできない。今回、君島さん、友香ちゃんにアベさん、それから、亡くなったイケガミさんと、少なくとも四人が入る予定だったわけですから、こっちでも四人は退院していなければ勘定が合わない。君島さんのお姉さんが退院されていた可能性は、非常に高いと思います」

シュウイチは両手を広げ、おどけて見せた。

「ああはいはい。俺の推理なんてもんは、希望的観測で充分否定可能ってわけだ。はいはい、けっこうですよ。どうせ犯人は、取っ捕まえてみりゃ誰だか分かるんだからよ。じゃ、その無実を証明するためにも、じっくりと映像を見せてもらおうじゃねえの」

反論は、誰からもなかった。

目的はどうあれ、亜紀子の映像を見たいというのは、三人の共通した意見のようだった。

そしてそれは、典子も同じだった。

「……そうですね、分かりました。じゃあ、せっかくだから、順番に、見ていきましょうか」

典子はあらかじめ手元に集めていた亜紀子名義のディスクを日付順に並べ直した。最初のディスクはほぼ三ヶ月前。

「私、やります」

友香がディスクを取り、またさっきのようにパソコン前に座る。

ディスクを先のものと入れ替え、収録内容の一覧を表示させる。個人データを表示するが、それは前のと共通のものだった。次に何を見るか、友香が訊くと、映像にしろとシュウイチが命じた。

すぐに、三ヶ月前の亜紀子が画面に現われる。個人データの入院日からすると、ここにきて一ヶ月弱経った頃ということになるだろうか。

シュウイチはやはり、馬鹿にした顔で斜めに画面を眺めている。

野本は、何かいたたまれない、そんな顔つきだ。

友香はただ真面目に、真剣に見ている。

場面は、医師による触診だ。

《どうですか。今日は、痛みますか》

《いえ。今日は、そうでもないです》

思ったより低い亜紀子の声。典子が野本にそうしたように、亜紀子も医師に、カメラに、裸の背中を向けている。肩甲骨を避けるようにして背中全体に、黒い疾患は広がっている。これではもはや、腰を曲げることもできないのではないか。

透明の外用薬が患部に塗られる。

「なんの薬ですか」

友香の問いに、野本は首を傾げた。

「いや、ちょっと、分からないです」

シュウイチが鼻で笑う。

次は運動能力の記録か。あのエントランスホールで、亜紀子が柔軟運動のようなことをしている。手足の上げ下げ、曲げ伸ばしに不自由はなさそうだが、案の定、前屈と後屈はほとんどできなかった。苦しげな表情が、幼かった頃の亜紀子のそれと重なる。

しばらくすると映像は実験室の様子に切り替わり、亜紀子の細胞に関する実験に使われているのだろう、マウスが映し出された。

その症状は様々だ。

背中に、亜紀子のそれとそっくりな疾患を背負った白いネズミ。あるいは疾患が黄色く変色したもの。茶色くなったもの。じくじくと肉が露出したもの。まったく毛がないもの。

全身に転移し、黒いアルマジロのようになってしまったもの。他にも手足がないもの、頭が変形したもの、すでにネズミかどうかも疑わしいもの——。

続いて顕微鏡で見る細胞の映像。これはまったく意味が分からない。野本も分からないという。またそれを、シュウイチが鼻で笑う。

そして亜紀子が部屋で過ごす様子。夜になったのか、着替え、ベッドに入る。明かりが消えると、暗視カメラ映像のように色が落ち、画質も荒くなる。寝相は、わりといい。

日付が変わり、また同じような問診、触診、マウスの様子と続く。一日一日はさして変化のあるものではない。

「……四、五日飛ばせよ」

シュウイチにいわれ、友香がそのように操作する。

確かに、それくらい飛ばして見る方が変化が分かりやすい。亜紀子の疾患は日に日に広がっていき、ひと月もすると背中はほぼ黒一色に覆われた。

さらに見ると、疾患は脇腹から前に回り込んでいく。手で隠した胸の白さが痛々しい。典子が目を逸らすと、友香もキーボードのあたりに視線を落としていた。

マウスの数は日によって増えたり減ったりする。それがそのまま生死を表わしているのかどうかは分からない。

二ヶ月半。手元にあるディスクの内容をほぼ見終わる頃には、誰もが無言、無表情になっていた。資料映像から、三人が典子と同じ印象を受けたのだとしたら、あまりにもつらい。

溜め息を漏らしたのはシュウイチだった。

「……おい。ここでやってたのは、本当に治療なのか」

答えるべきは野本なのだろうが、彼にも分かろうはずがない。ここでは彼も部外者で、そもそも遺伝子は専門外なのだ。しかし、その沈黙に腹を立てたか、シュウイチはさっきのお返しとばかりに野本の胸座を掴んだ。

「ここの連中は、本気で治療をしてたのかって訊いてんだッ」

典子は止めようとシュウイチの肩に手を掛けたが、力が入らない。

「だいたいよ、ここは一体どういう機関なんだよ」

「それは……大学病院と、民間、製薬会社の……」

「そいつらの目的は」

「ですから、それは、遺伝子の研究と、治療を兼ねた……」

シュウイチは野本の胸座を投げ捨てるように放した。

「治療に、なってねえじゃねえか。ちっともよくなってねえじゃねえか。悪化してんだろうが。明らかに病状は進んでたろうが、おいッ」

壁に背中を預け、俯く野本。その姿を痛々しく思う一方で、シュウイチのように思うがまま疑問をぶつけたい。そんな気持ちも典子の中にはあった。友香の思いも同じか。男二人を女二人が見守る恰好になっていた。

「……あんたがここの人間じゃねえことは分かってる。けどよ、こっちは素人だからな。ただの患者なんだからな。医者はあんただけなんだ。俺たちよりは資料から、多少なりとも多く読み取ってもらわなきゃ困るんだよ……野本先生よ。ここの連中はよ、研究はしてたけど、治療はしてなかったんじゃねえのかい。珍妙な病気の持ち主を集めちゃあ細胞を採取して、それをただ弄《いじ》くり回してただけなんじゃねえのかい。もっといえばよ、この人はよ、典子さんの姉さんはよ、本当に病気を治すための研究に使われてたのかい。本当は、まったく別の、なんかもっと違った目的があってよ、たとえば遺伝子の組み換え実験とかなんかそういうことに、体《てい》よく利用されてただけなんじゃねえのかよッ」

「そんなッ」

野本の目に怒りの色が浮かぶ。いつのまにか友香が隣にきて典子の手を握っている。

「違うって、あんたに断言できんのかよ」

「……ここは」

「あんただって見ただろ。なんなんだよあれは。病気で、ただの病気で、人間があんなんなっちまうなんて見たことも聞いたこともねえぞ。典子さんにはワリいけどよ、ありゃもう人間じゃねえよ。いや、典子さんの姉さんだけじゃねえ。俺たちだってあのまま入院してたら、何に改造されちまうか分かったもんじゃなかったぜ。……さっきとはちっと違うけどよ、やっぱ犯人はこの女なんだと思うぜ、俺は。だがそれも無理のねえこったよな。こんなふうに自分の体を造り変えられて、怒ったんだよこの人は。何か秘密を摑んだか、裏があるのが分かったんだよ。この人はこのセンターの本当の目的に気づいたんだよ。だから、皆殺しにしたんだよ。そうなったらよ、女だよ。同じ患者だとしてもよ、まともな人間の姿を見たら憎らしくなるだろ。見たら同じ敵に思えてくるだろ。だからブッ殺したんだよ。食い千切って引き千切って、皆殺しにしたんだよ。怒り狂って、我を忘れちまったんだ。でもそれを責めることたぁできねえだろ。あんたに皆殺しの犯人を責めることたぁできねえだろうが。医学だか科学だか知らねえが、この人はお前らのオモチャにされて体を失った被害者なんだ」

唾を吐き捨て、シュウイチは調整室を出ていった。

なんの反論もしなかった野本は、魂が抜け落ちてしまったかのように、呆然と宙に視線を泳がせていた。

典子はかける言葉を見つけられずにいた。友香も、黙っている。

「……すみません」

野本は誰に謝っているのか。何について詫びているのか。本人すらよく分かっていない。そんな様子だった。

どうにかして野本をいたわりたい。だが、生半可な同情はかえって傷つける。そう思うと、典子はまた声に出せなかった。

「……先生、悪くないのに」

友香がいっても、野本はなんの反応も示さなかった。

長い沈黙のあと、野本は隣の部屋へと進んだ。

典子と友香もあとを追った。

シュウイチの背中が部屋の隅にある。何をするでもなく立っている。

野本はそのまま、出口に向かっていった。典子は慌てて横に並び、ドアを開けようとするその手を押さえた。

「先生……」

一人になりたいのだろう。さして深くも知らない女の同情など受けたくはないだろう。だが今、ここを一人で出ていくのは危険過ぎる。

「僕も、様子を……」

「駄目です。危険です」

「でも、僕も何か、役に立たないと……」

頬を伝わず、野本の涙が直接、床に落ちた。典子にできるのは、それを他の誰にも見られないよう寄り添うことだけだった。

「だったら、私もいきます」

顔だけ向けて背後を窺うと、友香が小さく頷き、ちらりとシュウイチを見た。私は残ります、そういう意味にとれた。

「……何か、食べるものを探してきます」

典子はシュウイチに聞こえるよう、大きくいった。

反応はなかった。

2

典子はほんの思いつきでいったのだが、空腹なのは事実だった。車の転落が何時頃だったのか正確には覚えていないが、時計はもう夜の十時を回っている。お腹が減って当然だ。

逆によく今まで誰もそのことをいわなかったと思う。

それどころではなかった、というのが正直なところだろう。死を覚悟するような危険に遭遇すると、脳は食欲より性欲を優先すると聞いたこともある。今の自分たちにどれほどの性欲があるかは分からないが、確かに食欲は忘れていた。

「あっちに、食堂があるんです」

典子は野本を左にいざなった。が、野本はエックス線室の前に立ったまま正面、事務／医局のドアを睨んでいる。

「どうしたんですか、野本先生」

とり憑かれたように、あるいは室内を透かし見ようとするかのように、野本はドアの一点から目を動かさない。

口が、ゆっくりと開く。

「……君島さん。僕にも、死体を見せてください」

何かが、野本の中で壊れた。そんなふうに感じた。

「……いいですよ、わざわざ」

「いいえ。見る必要があると、思うんです。アベさんはもとより、君島さんも友香ちゃんも、ちゃんと見てる。現状を把握している。僕だけが眠っていて、何も知らない。事情は伺いましたが、でも実感はしていない。アベさんに厳しくいわれたのも、僕に緊張感がないからなんじゃないでしょうか」

それはまた別問題だと思うが、野本だけまったく現状を知らないというのも、確かにどうかと思う。

「分かりました。……あの、食堂の奥の階段のところに、一人、倒れてます。アベさんが最初に発見した方です。……それを、見てみましょうか」

野本は頷き、先に立って通路を進み始めた。

もっとゆっくり、一歩一歩確かめて進まないと、と思ったが、よく考えれば、ゆっくりの方が安全だという根拠はない。典子は黙って野本に続くほかなかった。

内視鏡検査室、物置、資料室、ＭＲＩ室、食堂。突き当たり、非常口を示す緑の電灯。

「あ、あの……よろしかったら」

典子はトイレを示した。

「あ、そう、ですね……はい。じゃ、せっかくですから」

野本は入り、すぐに小用を済ませて戻ってきた。

シュウイチと同様、その向きなら死体が視界に入る――。

さすが医師、というべきか。それとも覚悟が決まっていたからか。野本は落ち着いた表情で死体を眺めた。

「確かにひどいですね。他の方も、こんな感じなんでしょうか」

「ええ。大体、似たり寄ったりでした」

典子は見ずに答え、再びトイレを示した。

「あの、すみません……私もちょっと」

「はい、どうぞ。僕は、ここで待っていますから」

「もし、何かあったら、かまわず大声を出してください」

「分かりました。そのときは、そうします」

今度は典子が入り、個室の前で振り返ると、野本は腕を組んで死体を眺めていた。特に何も起こりそうになかったので、典子はそのまますべり込んでドアを閉めた。

女は、こんなときでも恥ずかしいものは恥ずかしい。その点は、友香と自分はさして変わらないのだと改めて思う。


用を済ませてドアを開けると、野本はさっきとまったく変わらぬ姿勢で立っていた。

手を洗い、すぐ隣に並ぶ。

「……すみませんでした」

「実は僕、皮膚科と法医学科、迷った時期があるんですよ」

突然のひと言。その、あくまでも真面目な野本の声色に、典子は幾分ほっとさせられた。

「はあ……法医学」

「あの、死体を解剖したりして、死因を特定するのを、法医学っていうんですよ。ほら、ドラマとかにもなってるでしょ」

「ええ、分かります」

「遺伝子はさっぱりなんですが、死体に関しては、けっこう一所懸命勉強したんで覚えてるんです」

野本は死体を見ながら、それが何を意味するのか説明し始めた。

死亡時刻は、眼球の白濁、非常口周辺の気温から考えて、およそ二十時間以内。だいたい、この男性が被害にあったのは今朝早くであろうと考えられる。死因は頸椎《けいつい》の骨折。腹を食われたのは死亡直後と思われる。

「そもそもこの傷、食い千切った感じじゃないですね。もっとこう、なんていうんでしょう、引き裂いたっていうか……うん、たぶん何かで刺して、そこから引き裂いたんですね。それから、内臓を引きずり出したんじゃないでしょうか。じゃなきゃ、こんなにぽっかりした感じにはならないです」

はっきりいって典子は、そんなことはどうでもよかった。知りたくもないし、何より気分が悪くなる。また食欲が失せた。そう、ここでは一度吐き戻しているのだ。

「先生。もう、いきましょう」

野本は「あっ」と漏らして苦笑いを浮かべた。

「そうですよね。すみませんでした。何かお役に立ちたいと思ったんですが、今さら皮膚科医が検死したって、意味なんてないですよね」

「いえ、別に、そういう意味じゃ……」

「いいんです。さあ、何か食料を探しにいきましょう」

野本が食堂に踵を返す。

役に立ちたい、といった野本の背中。

追う典子の胸に、突如、冷たいものが湧き上がった。

野本はあの映像を見て、何を思ったのだろう。

実の姉、亜紀子の症状。その悪化の過程。初期症状ですら、典子のそれと比べたらかなり進んではいたが、タイプ的には同じものであると、野本には分かったはずだ。

私も、ああなってしまうのだろうか——。

野本が役に立つ。彼にしかできないことをする。それはつまり、野本が皮膚科医としてあれをどう見たか、述べることなのではないだろうか。

私もいつか、姉のようになってしまうんでしょうか――。

その疑問を野本にぶつけるのはつらい。野本の答えを聞くのが怖い。訊いても、野本はたぶん肯定しないだろう。ここへの入院話が出る前ならともかく、今の野本は、やけに典子のことを気遣ってくれる。もはや否定も肯定に等しい。つまり、典子が思うようにしか、その答えは受け入れられない。それでも、否定してほしいという思いはある。あなたは大丈夫ですよと、嘘でもいいから、そういってほしい。

「……あ、ハムがありますね。チーズも。野菜は……どうしましょう、キュウリとかだったらみんな食べますかね。パンがあればいいんですけどね」

野本は厨房に入り、業務用冷蔵庫の中をあさっている。典子は曖昧に返事をし、彼が差し出したものを受け取りながら、まだ心の中で訊き続けていた。

私はいつ、あんな体になってしまうんですか――。

もはや人間ではない。右肩の黒い瑕を鏡で見るたび、典子自身もそう思ってきた。だがそれは自嘲であり、誰かに否定してほしい気持ちの裏返しだった。しかし、映像の中の亜紀子は、まさにその言葉通りの姿になり果てていた。

もはや、人間ではない――。

いま典子の中に、その言葉はとてつもなく重く響く。

急に野本がこっちに顔を向け、にやりとした。

「……いやだなあ。僕じゃないですよ」

「え、何がですか」

「ああ、いいですいいです。気にしてませんから」

そのときだ。今の典子ですら、くすりと笑ってしまいそうな、そんな呑気な「腹の虫」がどこかで鳴いた。

「ほら、僕じゃない」

でもそれは、誓って典子でもなかった。

「違いますよ。私じゃないですよ」

「またまた。君島さんでしょう。僕じゃないですもん」

「やだ先生、私じゃないですってば」

だが、そう言い合っているうちにも、虫は鳴き続けた。

耳を澄ますと、それは確かに野本でも、ましてや典子でもなかった。すぐ横にあるステンレスのシンク、その下辺りから聞こえてくる。

緊張が走った。

なんということだ。

自分たちはわざわざ、敵のいるところに、足を踏み入れてしまったというのか。

しかし、

「……た、す、け、て……」

虫とは違う声を聞き、二人は目を見合わせた。

典子がシンクの下を指すと、野本が頷く。

確かに誰かいる。シンクの下に。

「……誰？」

典子は訊いたが、それはあまり意味のある質問ではなかった。

「クラタ……です」

か細い、年輩の女性の声。名乗られても、当然誰かは分からない。野本も眉間に皺を寄せるばかりで、まったく心当たりはないようだった。

もう一度典子が指すと、野本はまた頷いた。手で開ける仕草をしてみせると、また頷く。

典子に開けろというのか。それは嫌だ。典子が「私が？」という意味で自分を指すと、野本はようやく悟り、自らしゃがんでシンクの下、ステンレスの引戸に手を掛けた。

「あの、開けます、けど……」

「早く、助けて……」

「クラタさんと、仰《おつしや》いましたか」

「そう……助けて」

「すみません。私たちは、今日ここにきたばかりなのですが、クラタさんは、そこで、何をしてらっしゃるんですか」

「隠れてるのよ。隠れたら、で、出れなくなっちゃったのよ。殺される……こんなとこいたら、殺されちゃうよッ」

先とは別の緊張が走る。典子と頷き合うと、野本は音を立てないよう慎重に扉を開けた。

「……ハァ」

中にいたのは、えらく小柄な中年女性だった。排水管にぶら下がるような恰好で、身を屈めてシンク下に納まっている。自分が入るために寄せたのだろう、洗剤やらなんやらが背中に当たって痛そうだ。

二人で手を貸し、外に出してやる。その間も背後を窺いながら、かつ極力音を出さないよう心掛けた。

「ふぅ……あいたたた」

女はクラタカヨと名乗った。年は五十前後か。ここには通いで、食堂の一切を任されていたのだという。

「あんたたち、今日くる予定だった患者さんなんだろ。車、あるんでしょ。逃げよう。すぐ逃げよう。私も乗っけてっとくれ」

野本はかぶりを振った。

「いえ……実は、私ともう一人の医師、患者さんが四人、六人で車に乗ってきたんですが、途中で事故を起こしてしまいまして。助かったのが私とこちらの君島さん、もう二人患者さんの、四人なんです。ここには、歩いてたどり着きました」

聞いたカヨが大きく溜め息をつく。

「車、ないのかい……だったら、タッちゃんの軽トラが表にあっただろ。あれ、あれを運転しとくれよ。ボンベを下ろしちまえば、何人だって乗れるんだから」

「あ、それならバッテリーがあがってて動きませんし。それに、なんか雪崩で、道が塞がってしまったみたいで……」

典子がいうと、カヨはまたいっそう大きく溜め息をついた。

「……助かったと、思ったのに」

典子はカヨの肩に手を掛けた。

「とりあえず、私たちの連れがいる部屋に、移動しましょう」

「あいや、ちょっと待って」

カヨはシンクに手を掛けて立ち上がった。

「それより先に、水、それから腹ごしらえだ。あたしゃもう餓死寸前なんだ……お嬢ちゃん、そこに食パンが入ってるから出して。それからお兄ちゃん、あんたは外を見張って」

野本がかぶりを振る。

「クラタさん、ここは危険ですよ」

「じゃあ、どこなら安全なのさ」

「それは……」

「こんだけいれば、滅多なことじゃ殺《や》られないよ。相手は一人なんだから」

それを聞き、

「クラタさん」

典子は従わずカヨの肩を摑んだ。

「相手は一人って、それ、どういうことですか。ここで何があったのか、クラタさん、知ってるんですか。知ってるなら教えてください。ここで一体、何があったっていうんですか」

それでもカヨは「水とパンが先だよ」といった。

「でも」

「駄目だ。あたしの腹ごしらえが先だよ」

ここは、従うしかなさそうだった。

パンと飲み物がそろうと、

「あんたたちもどうだい」

カヨはいったが、典子たちは遠慮した。

カヨが食べながら始める。

「……あたしゃ毎朝一番、ガス屋のタッちゃんのトラックでここに送ってもらうんだよ。夏場ならともかく、この季節、歩いてじゃ何時間かかるか分かんないからね……今朝もそうだった。あたしゃ事務所の夜勤の人に声掛けにいって、タッちゃんはその間に便所を借りにいって……そしたらあんた、事務所にいる二人が、もうぐっちゃぐちゃになって死んでんじゃないか。あたしゃ驚いて……でも、その半端じゃない驚きが逆によかったんだね。悲鳴も出やしなかった。這いつくばって廊下に出たら、ちょうど便所の方からタッちゃんの悲鳴が聞こえたんだよ。あたしゃまた固まっちまってね。そしたら、見えたんだよ、人影が」

典子も野本も、頷きながら生唾を飲んだ。

野本が訊く。

「……誰、なんです。その」

「ナガタくんだよ。ナガタ、ノブユキっていったかな、ここの入院患者だよ」

ナガタ、ノブユキ――。

「ナガタくんは、そのまま二階に上がっていったみたいだった。それであたし、恐る恐る見にいったんだよ。そしたらあんた、タッちゃんが、あんな姿に……あたしもう、生きた心地がしなかったよ。事務所の二人だって、きっとナガタくんがやったんだよ。そうに違いないよ。だって……」

「ちょっと待ってください」

野本が両手を向けて止める。

「……つまりクラタさんは、事務局の前から、そこの階段のところにいる、その、ナガタという男性を見たわけですよね。ですが、それじゃかなり遠いじゃないですか。なぜそのナガタ氏だと、分かったんですか」

カヨは苦いものを舐めたような顔をした。

「……ナガタくんはもう、人の姿を、してなかったからね」

激しい、震えがきた。

持てる温度のすべてを黒い瑕に吸い取られてしまったかのように、全身が凍えるほど冷たく、だが瑕だけは焼けるように熱くなった。

自分と亜紀子の他にも、そういう人がいる――。

カヨがさらに続ける。

「本当は、ここで見聞きしたことは、他所《よそ》の人に喋っちゃいけないんだけど、もう、そうもいってらんないよね……可哀相っていえば、あの子だって可哀相なんだよ。あんな体になっちまってさ。ここんとこ、特に荒れてたんだよ。暴れたりして、先生方もずいぶん手を焼いてた。でもさ、治してやれない負い目かね、みんな根気よく、なだめたりすかしたり、一所懸命やってたよ。あんたら……他の誰かに、会わなかったかい」

野本に促され、典子がかいつまんで事情を説明すると、カヨはしばらく目を閉じ、長い溜め息をついた。

「……そうだろうよ。タッちゃんがあんなになっちまったのに、誰もなんにもいわないなんて、騒ぎにならないなんて、おかしいと思ったんだ。そうかい、みんな、殺されちまったのかい……」

悔しさを紛らわすように、ハムをくるんだ食パンを口に詰め込む。

典子は野本と目を合わせたが、交わす言葉は見つからなかった。

十何人も殺した男、人間ではない、ナガタノブユキ――。

だとすると、亜紀子はどうなってしまったのだろう。

「ねえ、クラタさん。ここに、広川亜紀子という女性が入院してたと思うんですけど、その人がどうなったか、ご存じないですか」

カヨは一瞬顔を強張らせ、厳しい目を典子に向け、頷いた。

「そう……広川さんも、だいぶ具合が悪かったね。綺麗な子だったのに、ここふた月くらいで、見る見る悪くなってった。同病相憐れむっていったら、なんか違うかもしれないけど、ナガタくんは広川さんのこと、けっこう本気で好きだったみたいでね。広川さんの方は全然だったんだろうけど。年も、ナガタくんの方がずいぶん上だったし……ああ、広川さんね。あの子、そうだね、もう二週間くらい前に、退院したよ。でも、別によくなったわけじゃないよ。ちっともよくなんてなっちゃいなかった。けど、何かあったんだろうね。急に出ていっちまった。引き止めるわけにもいかないよね。ここは、刑務所じゃないんだから。……他の患者さんたちには、誰にも、何もいわないで、こっそり退院したんだ。それも、ナガタくんには応えたみたいだね。がんばって治そうね、って、よく二人でいってたみたいだから。まあ、たった一人の女性患者に、無条件に親しみを持ってたんだろうね。そっくりな症状だったし、好きになっちゃうの、あたしだって分かるもの……けど、だからってこりゃひどいよ。こんなこと、できる子じゃなかったのに……」

そのときだった。

エックス線室の方で、勢いよくドアの閉まる音がした。

3

まず野本がカウンターを乗り越えて通路に向かった。

典子とカヨもそれに続く。

野本の背中、その先、通路とエントランスホールの境に黒い人影が見え、だがすぐエレベーターの方に消えた。

「くそッ」

エックス線室のドア前に至り、野本はホールとを見比べた。追うべきか、先に友香たちの様子を見るべきか。

野本はドアを開けた。

追いついた典子とカヨも中を見る。

部屋の明かりは、消えていた。

野本が手を伸べ、スイッチを探る。

照明が瞬くと、

「うッ」

思わず典子は呻いた。

「……あ、クラタさん」

気が遠退《とおの》いたか、崩れそうになったカヨを野本が支える。

典子も手を貸す。が、目は室内に向けていた。

部屋の中央、シュウイチと思《おぼ》しき人影がうつ伏せで倒れている。

頭は、ないに等しかった。

割れたスイカ。ぶち撒けた赤ペンキ。

血にずぶ濡れた、黒い髪。

友香は——。

目を辺りに走らせると部屋の右側、野本が眠っていたベッドの下、友香はこちらに背中を向けて倒れていた。外傷の有無は分からない。分からないが、奥の壁際、友香の穿いていたジーパンが放り出されている。

白い腿。そろえたふくらはぎ。足首には、使い終わったちり紙のように縮こまった下着が絡んでいる。

そして、丸い尻。シャツとセーターをまくられて露出した背中。そこに、見慣れたものがあった。典子、亜紀子と同じ、黒い瑕。そしてカヨの話からすると、ナガタとも——。

「……友香ちゃん」

「見ないでッ」

思わず野本に怒鳴り、典子は友香に駆け寄った。手近にあった自分のダウンジャケットを手繰り寄せ、露《あら》わになった下半身を隠す。

一体、何があったというのだ。

頬に触れる。普通にあたたかい。一見した限り外傷は見当たらない。気絶しているだけのように思える。

ここで一体、何が——。

シュウイチは頭を潰されて死んでいる。

友香は——認めたくなどないが、まるで強姦されたような有り様だ。

振り返ると、野本が細く開けたドアから外の様子を窺っていた。カヨはその足元にへたり込み、シュウイチの死体に目を奪われたまま、震える両手で口を覆っている。

「先生……」

典子が呼ぶと、野本は今一度エントランスホールを睨み、ドアを閉めて鍵を掛けた。カヨを見やるが声はかけない。典子の方に駆け寄ってくる。

「……怪我は、してないみたいなんですけど」

「診ます」

傍らに膝をつく。

「脈は、落ち着いてます。気を失ってるだけのようですが……」

野本が投げ出されたジーパンに目を向ける。その意味を問うように典子を見る。答えようがない。友香は誰に乱暴されたのか。ナガタか。あるいはすでに死亡したシュウイチにか。

アベシュウイチという男に、そういうことをする可能性がなかったとはいいきれない。実際、そんなことを口走っていた。

では、ナガタノブユキはどうだろう。現時点では分からないとしかいいようがない。

野本が固く目を閉じる。

「……僕のせいです」

「そんな、先生のせいじゃないです」

「いえ。僕が外にいかなければ、いや、クラタさんを連れて、もっと早くに戻ってさえいれば、こんなことには……」

外にいかなかったら、もっと早くに戻っていたら、野本もシュウイチ同様に殺されていたのではないか。むしろ典子はそう思う。野本はまだこの事態に、何かしら有効な対処方法があると思っているのか。

目にした死体の数、その違いだろう。

乗ってきた車は転落し、残された一台も始動不能。退路を塞がれ、十数人の死者を目の当たりにし、また一人、犠牲者が出た。野本が回復したのはプラス材料だが、入れ替わるように友香が意識を失った。シュウイチという貴重な男手を失い、代わりに得たのは小柄な中年女性。さらにもう時刻は夜の十一時に近い。

この状況で、自分たちに一体何ができるというのだ。

「なんのために、こんな……」

野本が呟いた。

なんのため――？

典子は脳の芯を、軽く突かれるような衝撃を覚えた。

なんのために、こんなことをしたのか。

そう。典子も一度は考えたが、そのときは分からなかった。

だが、犯人がナガタノブユキという、外見はともかく、名前もある、社会的背景もあろう一人の人間だとするならば、今度は何か、その目的も推測できるような気がした。

センターにいた人間を皆殺しにし、今また新たに訪れた者にも危害を加える、その目的とはなんなのか。

典子は友香を野本に任せ、カヨのそばにいった。

「……クラタさん。ナガタノブユキは、なぜ、こんなことをしているんですか」

カヨは息を呑み、典子を見上げた。そしてまたシュウイチの死体に目を戻し、かぶりを振った。

「クラタさん、昨日もここにいらしたんですか」

小さく頷く。

「昨日の夜は、何時頃まで、ここで働いてたんですか」

「……いつも、夕飯の支度をして、五時半には、タッちゃんがくるから、また乗っけてもらって、帰るんだよ」

つまり、すべての殺戮はそれ以後に行われたということになるか。

典子は続けて訊いた。

「何か昨日の夜、ナガタが怒ったり、こんなことをするきっかけになるようなことがあったんじゃないですか。何か、そういうことに心当たりはありませんか」

カヨは床の何もない辺りに視線を這わせた。記憶をたどっているようだった。

「……だから、あたしは、夕方帰っちまうから、その後のことは、分かんないよ」

「夜でなくてもいいです。ナガタに関することで、何かありませんでしたか」

カヨはしばらく考えたあとで、ぽかんと、口を開けて天井を見上げた。

「あの子、そういえば昼間、お昼ご飯食べてるとき、珍しく笑ってたっけ。あれ、誰と話してたんだろう。なに先生……違うわ、ああそうだ、事務のモトキさんと話してたんだわ。そう、そうだよ、ちょうどあんたたちのことを話してたんだよ。明日入院するのは四人で、そのうち二人は女の人だって」

巨大な脈動のごとく、右肩で黒い瑕がうねった。

ナガタは、自分たちがくることを知って、笑った？

カヨの話が確かなら、ナガタは亜紀子の退院を嘆き、しかし新たに女性が入院すると知って喜んだことになる。どんな女かも分からないのに。まあ、大方の男は女性がくるとなったら、何かしらの期待をするものなのかもしれないが。

たったこれだけの情報でナガタを「女好き」と断定していいものかは分からない。またそれがこの事態にどう関係しているのか、それも分からない。

「君島さん」

「……はい」

「さっき、患者さんの映像を見てたじゃないですか。ああいうので、昨日の分ってないんですか」

そう。そのことで揉めたとき、まだ野本は気を失っていた。

「私たちが持ってきたディスクって、一昨日の分までなんです」

「じゃあ、昨夜のは」

「まだ、撮影する機械に入ってるんじゃないでしょうか。私には、詳しいことは分からないんですけど、なんか友香ちゃんが、そんなことを」

「それって、どこから持ってきたんですか」

「二階の、あれ、なんだっけな……あの、窓のない電子レンジみたいなのが並んでる所なんですけど」

「それは、もしかしたらDNAシーケンサーかもしれない」

「あ、そう、DNA検査室でした。確か」

合点がいくと同時に、こめかみに冷や汗が浮いた。

「野本先生、まさか……」

「ええ、いってみようと思います」

この期《ご》に及んで、そんな――。

「駄目です。駄目ですよ絶対」

典子は中腰のまま野本の方に向かった。

「君島さん、でも……」

「友香ちゃんを残していくんですか」

「友香ちゃんは、僕が背負います」

「もしナガタが襲ってきたら、どうするんですか」

「でも、このままここにいれば安全、ってわけでもないでしょう」

「それは……」

外に出るのは危険だと、確かシュウイチもいっていた。そのとき、典子は今の野本と同じように反論したのだった。そのシュウイチが、動かずにいて殺された。閉じこもっていることが安全とはいいきれない、図らずもそれをシュウイチが証明してみせた。

だからといって、ここから動くのが危険であることに変わりはない。野本が友香を背負い、前後を典子とカヨが固めたとしても、十数人をその手にかけたナガタに対抗できるとは思えない。

それほどの危険を冒してまで、あるかどうかも分からない昨夜の記録を探しにいく価値はあるのだろうか。

野本が典子を見る。

「君島さん。僕たちは、一体何を恐れているんでしょう。確かに、ここから歩いて、それも友香ちゃんを連れて、人里までたどり着くのは難しいでしょう。でもナガタという、正体不明ではありますが、一人の男と相対するのなら、まだ可能性はあるでしょう。正体が分からないなら、正体を暴けばいい。友香ちゃんがいったのは、昨日の分の映像はまだメディアに落としていないんじゃないかとか、そういうことでしょう。ナガタがこんな行動に出たのは昨日の夕方以降。彼がどうやってこんな殺戮を行ったのか、武器はなんだったのか、どうして腹部を滅茶苦茶にしたのか、何か分かれば、対処方法だって見つかりますよ」

頷くことも、かぶりを振ることも、典子にはできなかった。

分からなくなっていた。自分がどうしたらいいのか、どうなったらいいのか、どうやったら生き残れるのか。分からない。

何もかも放り出し、一人で暗い林道を走って逃げたら助かるかもしれない。人里までたどり着き、警察に連絡をとり、それまで野本が持ちこたえてくれれば、彼らも助かるかもしれない。

ちらりと友香を見る。

いつのまにかカヨが傍らにきて、せっせとジーパンを穿かせている。

「……ほら。あんた、お尻持ってよ」

「あ、はい」

典子は反射的に答え、手を伸べた。

いわれた通り、友香の腰を持って浮かせると、カヨが「よっこらしょ」とジーパンを引き上げる。すぐに辺りを見回し、脱げた左の靴を見つけて持ってくる。もう、シュウイチの死体には目もくれない。

「どっちみち、こっから歩いて逃げるなんて、できゃしないんだ。あたしゃ肚括《はら》ったよ。その先生といく。この子も……っていっても誰だか知らないけど、連れていくよ。なんだったら、あたしがしょったっていいんだ。あんたも、グズグズいってないで肚括んなよ。イチかバチかなんだから。……もうナガタくんは、あたしの知ってるナガタくんじゃない。あたしの作った肉じゃがを、死んだお母ちゃんの味に似てるって喜んでくれた、あのナガタくんじゃないんだ……狂っちまった。そう、狂っちまったんだ……やるよ。やりゃいいんだろ。ぶっ飛ばして、朝を待って、それから林道をいけば助かるだろ。あんただって、この子を置いて逃げるなんて、できゃしないだろうが」

そう。すべて、カヨのいう通りだ。

友香のベルトを締め、セーターを上からかぶせたカヨが、しゃがんだ典子の尻をぽんと叩いた。

「肚、括んなよ。あんたも」

小さな中年女。彼女を戦力外と断じた自分が恥ずかしい。

「はい」

たぶんそのとき、典子はこの部屋で初めて、笑った。

4

野本がダウンジャケットを着る。

カヨはもともとジャンパーを着ている。

典子も友香にかけていた自分のものを着て、友香にもそうした。

もう、ここには戻ってこない。

無言のうちにそれぞれが、そう心に決めているかのようだった。

「ＤＮＡ検査室は、二階のどこにあるんですか」

野本の問いに、カヨが答える。

「階段を上って、右の手前だよ」

「じゃあやっぱり、エレベーターより階段の方がいいですね」

「そうだね」

ここでは一度もエレベーターを使っていない。この状況に至ると、もはや使おうという気すら起こらない。ドアが開いて、真ん前でナガタが待ち伏せていたらと考えると、怖くて使えない。

「よいしょ」

野本が友香を背負う。さすがにシュウイチが野本を背負ったときよりは軽々としている。

典子は隣室、室内窓のブラインドに指をかけてエントランスホールを覗いた。

誰もいなかった。

それを確認し、急に怖くなった。

ここにナガタがいないということは、逆に階段方面に待ち伏せている可能性が高いということではないのか。

ナガタは、自分たちの行動をどれくらい把握しているのだろう。逐一。おそらくそうだろう。こっちには動けない者もいて迂闊なことはできないが、向こうは物陰にひそみながら、いくらでもチャンスを窺える。いつでも好きなところに動ける。だからこそ、こっちは少しでも相手の情報を入手する必要があるのだ。

典子はドアの前に立った。

「じゃあ……開けます」

野本とカヨが頷く。

典子はノブを回し、細く隙間を作った。

そこから、食堂方面を見る。

このドアの裏にナガタがいるかも、と考える。気配を窺う。

もう少し開け、吊元にできた隙間からドアの裏側を確認する。

誰も、いなかった。

「大丈夫です」

大きく開け、まず自分が出てから、三人をいざなう。

奥は非常口まで、エントランスホールは出入り口まで見通せる。

少なくとも通路には、この四人の他に誰もいない。出てくるとすれば事務／医局、内視鏡検査室、物置、資料室、ＭＲＩ室の各ドアから、ということになるか。あるいは開け放たれた食堂から。ただ、資料室入り口は少し奥まっていて、死角ができている。そこにひそんでいる可能性はある。最初の難関はそこか。

典子を先頭に、友香を背負った野本、カヨと続く。一歩一歩、カーペットの床を摺り足で進む。資料室前の死角が、徐々に小さくなっていく――。

そこに、ナガタはいなかった。

少し進むと、食堂の中も半分ほど見渡せた。誰も、いないようだった。

「……進みます」

典子がいうと、二人が頷く。

電力室と並んだドア、タッちゃんと呼ばれた若い男の死体を横目に階段を見上げる。少なくとも踊り場までは無人だった。

「上ります」

左の壁に背中を押し付け、少しでも折り返している上の階段から体が離れるようにして上る。踊り場の死角も徐々に見えてくる。折り返した一段一段、向こう正面の壁、誰もいないことが徐々に明らかになる。

踊り場に立つ。折り返した階段を見上げる。

二階のシャワー室とトイレの入り口が見える。

とりあえず、人影はない。

「私、ちょっと先、見てきます」

「でも、君島さん」

「大丈夫です。慎重に……ちょっと覗くだけですから」

下を見ると、カヨは頷いてみせた。野本も友香を壁に預け、小休止の体勢をとった。
五、六段上ると、トイレ内部の様子はだいたい分かった。無人だった。二階に上りきり、通路を見通す。突き当たり、エレベーターホールまでの一本道。誰もいない。
シャワー室のドアを少し開ける。脱衣場も無人だった。

典子は、手で二人に上がってくるよう示した。

野本が改めて友香を背負い、カヨが下を気にしながら上ってくる。典子は通路、三階に続く階段、シャワー室にそれぞれ目を配りながら待つ。

無事、四人で二階にたどり着いた。

三人をそこに待たせ、また典子がひと足先、ＤＮＡ検査室の前までいく。

ドアノブを握り、回し、ゆっくり引く。

明かりはさっきのまま点いていた。

相変わらず、奥の大きなアーム付き機械はバケツで撒いたような血に染まっている。左右の壁、パソコンやＤＮＡシーケンサーも、さっきの通り大人しく並んでいる。

典子は野本たちを呼び寄せた。

「……ひそむとしたら、机の下でしょうけど」

部屋の中央には、四台の机が島になっている。そこにもパソコンが二台乗っている。

そのとき、

「キャッ」

耳元を何かが通り抜け、典子は思わず悲鳴をあげた。

すぐに中央の机、その側面に黒いものがゴンッと当たった。

靴だった。

「……ああ、ごめんごめん」

カヨだった。カヨが、自分の靴を投げたのだ。

「クラタさん……お、脅かさないでよ」

「だからごめんって。でもあんたが驚かないようじゃ、中に誰か入ってたって驚かないだろ。こういうことは、いきなりやんなきゃ意味ないんだよ」

まだドキドキしている。上半身が丸ごと心臓になってしまったかのようだ。

「ほら、入んなよ。誰もいないみたいだから」

「……はい」

カヨに促され、典子は先頭に立って室内に進んだ。

後ろの三人が入ってからドアを閉め、施錠する。

すぐに野本が友香を下ろす。カヨも手伝って壁にもたれさせる。

野本はざっと室内を見回し、左右の壁にあるＤＮＡシーケンサーを示した。

「そっちのパソコンは、シーケンサーと連動してるんだと思うんです。だから、患者さんの記録云々は、こっちがメインなんじゃないでしょうか」

野本は机の島に向かった。二台のモニターが背中合わせに設置されている。各々にタワー型の本体、キーボードが付属している。野本は右手の一台を選び、本体の電源を入れた。典子とカヨも並ぶ。

メーカーやＯＳのロゴが表示され、立ち上げ作業が完了すると、画面は無地の緑を背景に静止した。

「これ、かな……いや、違うな」

野本は手当たり次第にフォルダを開いては閉じた。

「あ、これですね。どっかのメモリーと繋がってるのかな……あ、分かった分かった。そういうことか」

まもなく野本の立ち上げたウィンドウには、一階、二階、三階と、センター内の平面図が描き出された。

三階、患者が寝泊りする十部屋のうち六つに赤丸がついている。他の検査室や実験室に丸はない。

「たぶん、ここはカメラがオンになってる、ってことでしょうね」

野本が赤丸を指で示し、ポインターを移動させてクリックする。するとまた別のウィンドウが立ち上がる。ＤＶＤの映像を見たときのそれと同じだ。

新しいウィンドウに誰もいない個室が映し出される。ここは見ても意味がない。すぐに別の赤丸をクリックする。今度はベッドに死体が乗っている。

「今現在の、この部屋の様子だと思います」

野本は平面図三階、左側四番目の個室を示す。確かに、そこに死体があるのは典子も見た。

「ここの時刻をさかのぼっていけば、まさに殺される場面も、映っていると思うんですよ」

ウィンドウ下には日付と時刻を示すデジタル表示があり、「再生する時刻」と題されている。野本は数字を直接クリックし、表示を昨日の午後五時半に戻した。

画面が一度暗転し、すぐ誰もいないベッドが映る。カメラアングルが同じなので、まるで死体が消えたように見えた。

「早回し、しましょうか」

時計表示の上には、再生や停止、早回しなどのボタンが並んでいる。野本がボタンを右クリックすると、再生スピードを指定するメニューが現われた。十倍を指定する。

しばらくは変化がなかった。無人の室内は、何倍速で見ても様子が変わらなかった。だが時計が夜七時を示す頃、急にドアが開いて人が入り、明かりが灯り、室内を飛び回ってすぐ出ていった。早過ぎて止める間もなかった。

「……ま、無事だったから、よしとしますか」

野本はいい、映像はそのまま流された。

八時頃に同じ人が戻り、また出ていき、三十分くらいでまた戻り、出ていき、十時頃になってまた戻り、ようやくベッドに座った。

「……ちゃんと見ましょうか」

再生スピードを三倍まで落とす。

患者であろう、その男の動きが常人とさほど変わらなくなる。今はベッドで何か本を読んでいる。

しばらくすると壁にもたれ、仰向けに寝転び、やがてうつ伏せになった。本を傍らに置く。ほどよく眠くなった、ということだろうか。ややしてから彼は起き上がり、カメラの死角に入り、出てきたときにはパジャマ姿になっていた。十一時頃だ。

照明を消すと、映像は自動的に暗視カメラのそれに切り替わった。

緑がかった白黒映像。患者がころころと寝返りを打つ。

十二時頃、彼は上半身を起こした。

ベッドサイドにスイッチがあり、それで明かりを点ける。

また映像がカラーになる。

起きたまま、じっとドアの方を見ている。

しばらくしてドアが開いた。

思わず、典子は「アッ」と声をあげてしまった。

野本が、すかさず再生スピードを「通常」に戻す。

ドア口に、黒い人影が立っている。

患者は落ち着いた様子で人影を見ている。

ナガタだ、とカヨが呟いた。

これが、ナガタノブユキ——。

黒い人影。それは、明かりを背にしているから黒いのではなく、全身、表面が真っ黒だから、黒いのだった。

カヨが画面に顔を寄せる。

「普段は、いくら症状がひどいからって、ちゃんと、服は着てたんだよ。ガウンみたいなのだったけどね。でもこれ、何も着てないよ。さすがにあたしも、すっ裸は、初めて見るよ。ひどいね……思ったより、だいぶひどいよ。真っ黒けじゃないか。あたしが最後に見たときは、まだちょっとは、顔も残ってたのに……」

典子は、自分の頬から血が抜け落ちる音を聞いた気がした。

顔も、残っていた——。

ひどい言われ様だ。

ナガタの顔は、この段階に至っても、ちゃんと顔として存在はしている。つまりカヨがいうのは、自分が見たときは部分的に「人間としての顔」が残っていた、でも今はそれすらもなくなってしまった、という意味だ。

人間の顔、ではない。

それが実際どんな顔なのか、この小さな画面からでは分からない。いずれ自分もなるのであろう、人間とは言い難い顔。それはつまり、どんな顔なのか。

すると、カヨが「アッ」と漏らし、野本も息を呑んだ。

黒い影、ナガタが、瞬間移動さながらの素早さで患者の前に立ち塞がった。そして、右手をひと振り。それを受けた患者の首が、カクンと折れ曲がる。胸座を摑み、力の抜けた体を左手一本で吊り上げる。

そして、右腕を後ろに大きく引き、

「ヒィッ」

「アッ」

拳で、腹部を打ち抜いた。いや、手が——腹部に、刺さっている。

そのままベッドに仰向けで横たえ、両手で腹を左右に開く。

「うぶっ……」

中から、何か摑み出す。胃だろうか。ずるずると太いものがそれに続く。そして、食べる。いや、ほとんど咀嚼《そしやく》などせずに呑み込む。

正月になると、テレビで必ず搗《つ》き立ての餅を呑むパフォーマンスを中継するが、ちょうどあんな感じだ。腹から引っ張り出した内臓を、つるつると黒い影が呑み込んでいく。

カヨは画面に背を向け、うずくまって吐き戻した。

野本も、堪らないといった顔で画面から目を逸らす。

典子はその肩越し、入り口近くの友香を見やった。

自分や友香も、いずれこうなるというのか——。

やすらかな寝顔。危険な目に遭って意識を失ったとは思えない、穏やかで、愛らしい顔。

その顔が、急に暗転した。

室内が、真っ暗になった。

天井に衝撃音が響く。

「君島さんッ」

「はいッ」

典子が答えると同時、背後に何か大きなものが落ちる音がした。

重たい鉄の塊。硬くて大きい、機械のようなもの。

典子はかまわず、瞼にある友香の残像に向かって走った。

やや目測は誤ったが、伸ばした手が友香の髪に触れた。

出入り口はそのすぐ右にあるはず。

手探り、ノブのロックを縦に回す。すぐに押し開ける。

室内に通路の明かりが差し込む。

横を見ると、野本が友香を抱き起こしている。

背後を振り返る。

「はッ」

エアコンだ。天井に仕掛けられていたエアコンが、丸ごと落下したのだ。

「クラタさんッ」

返事はない。

とりあえず野本に手を貸し、友香を通路に引きずり出す。

改めて室内に目を凝らすと、落下した巨大なエアコンが、引っくり返ろうとするように、
斜めに持ち上がってくる。

「ぬいぃぃぃぃ……んぬいぃぃぃぃ」

踏み潰された蛙が唸るような声がした。

連動して、エアコンが持ち上がっていく。

やがて垂直に立ち上がり、今度は反対側に倒れた。ＤＮＡシーケンサーなどを巻き添えにしたのだろう、交通事故さながらの爆音が轟いた。

「クラタさん、クラタさん」

依然、返事はない。

「……くっけっけっけ」

男の、押し殺したような笑い声。

ナガタ、か――。

そう思うと同時、室内から典子の顔をめがけて何か、黒い物が飛んできた。空中で、典子はそれがなんであるか察した。

すんでで避け、背後の壁に激突したそれは――カヨの、頭部だった。ぽかんとした顔で、カヨはカーペットの床に転がった。

蜜の入った壺を倒したように、アゴの下、切断面からとろとろと血が漏れ、カーペットに染みていく。

「君島さんッ」

見ると、野本は友香を背負っていた。典子に手を伸べる。

「は、はいッ」

その手をとり、典子は立ち上がった。

右手の階段室に走り、そのまま一気に一階まで駆け下りた。

なぜだろう、ナガタが追ってくる様子はない。

「君島さん、あなたはとりあえず、友香ちゃんを連れてここから逃げてください」

「えっ」

野本は友香をその場に下ろそうとする。

「先生は、どうするんですか」

「僕がナガタを、ここで喰い止めます」

「そんなッ」

ナガタがあそこまで圧倒的な力を持っているとは今まで知らなかった。分からなかった。それを今、やっと実感した。敵《かな》わないと分かった。常人の野本に、喰い止めることなどできるはずがない。

「先生、無理です」

「いいんです、いってください」

「できません」

「いってください、僕は、あなたにだけは助かってほしいんだ」

野本は階上を睨みながら続けた。

「僕は、あなたが好きだった。あなたの背中が好きだった。そのままでも綺麗だと僕は思った。けど、あなたは気に病んでいた。だったら治ってほしいと思った。だから、ここを勧めたのに……すみませんでした。すべて僕の責任です」

いうと野本は友香を押しつけ、二階に戻っていった。

終章　選択

1

目を凝らせば、長い通路を抜けた先、エントランスホールの向こうに、正面出入り口が見える。

踊り場を見上げても、もう野本の背中は見えない。

逃げなければ——。

膝に友香がいる。案ずることなど何もないというように、安らかな寝息をたてている。

とにかく、逃げなければ——。

友香を自分に託し、我が身もかえりみずナガタに向かっていった野本の気持ちを思えば、逃げなければならないと思う。しかし、反して体は動こうとしない。

外はどんな天気だろう。晴れか。曇りか。雪が降っているかもしれない。ひどい吹雪かもしれない。それでも、逃げなければならない。

きた道は通れない。シュウイチがいった、上も下も、右も左もない暗黒の林道をいくことになるが、それでも、友香を背負って逃げ延びねばならない。

ひょっとして、月が出ていたら、案外明るいのかもしれない。積もった雪が枝の間に落ちれば、それがむしろ差し込む月光を膨らませ、行く手を照らしてくれるかもしれない。進むべき道を示してくれるかもしれない。

しかし、吹雪だったらどうだろう。

月明かりはない。強風は木々が防いでくれるかもしれないが、そこは暗黒。もし窪みでもあったら、自分は知らずに踏み込んで足をくじくだろう。窪みならまだいい。それが大きな傾斜だったら、自分は友香を道連れに、転げ落ちて怪我をして、動けなくなって、日が昇る前にきっと凍死してしまうだろう。

それでも、いかなければならない。野本は戦っている。自分と友香を助けるために。

いや、違う。

自分を、助けるために――。

なぜこんな事態に至って、野本はあんなことをいったのだろう。

あなたが好きだった。

あなたの背中が好きだった。

その言葉を、どれほど典子は望んだだろう。あり得ないと断じ、何千回、何万回、否定してきただろう。

それを、こんなふうになってからいうなんて。

分かる気もする。

野本も、いえなかったのだろう。医者が患者をそういう目で見るなど許されるはずがないと、彼は自らに禁じていた。そんな彼だから、こんなふうになって初めていえたのだろう。

彼の沈黙に、自分がどれほど傷ついてきたか。そんなことは分からなかっただろう。当然だ。典子自身、野本への想いを必死で否定してきたのだから。認めようとしなかったのだから。

でも、もし東京で、その言葉を聞かせてくれていたなら。

典子はここにはこなかった。こんな事態には陥らなかった。

いや、自分がこなくても、友香がくるのなら、野本は同行しただろう。すると、野本の運命は最初から決まっていたのか。自分への想いを告げようが告げまいが、その運命に変わりはなかったのか。

　馬鹿な考えだ。下らない仮定だ。無意味な妄想だ。

　進め。進むんだ。友香を連れて、あのドアから逃げるんだ。月明かりであろうと吹雪であろうと、いかなければならないのだ。

　友香を背負い、典子は立ち上がった。

　タッちゃんの亡骸《なきがら》が視界の端にある。最初に見たときは嘔吐した。それはいつのまにか拭き取られていた。今なら分かる。ナガタは、あれを舐めた。舐めて拭き取り、おぞましいことに飲み込んだのだ。

　友香ときた電力室。野本ときたトイレ。すべての始まりは、ここであげたシュウイチの悲鳴だった。

　左手の食堂。クラタカヨ。強いんだか弱いんだか、よく分からないオバサンだった。でも励まされた。ここではない違う場所で、たとえば東京で出会っていたらどうだったろう。たぶん、典子は好きになれなかった。でも、今は好きだ。

　内視鏡検査室。ここには白いベッドがあった。死体はなかった。本当は、こっちに野本を寝かせた方がよかった。

　資料室。友香とＤＶＤを最初に見つけたのはここだった。

物置。なんでフラフープがあったのだろう。

事務／医局。カヨが最初に見た死体はここの二体だった。

そして、一番お世話になったエックス線室。今もシュウイチがここにいる。よく考えると、そんなに悪い人ではなかったような気もする。口が悪かったのは確かだが、態度が刺々しかったのは、腕が痛かったからなのかもしれない。むしろ、喧嘩腰だったのは自分か。

エントランスホールに出た。

無人の、広々とした玄関。右手には、最初に野本を寝かせた応接セット。そのとき、シュウイチは自分より年下だと教えると、友香は、見えませんね、典子さんよりか上だと思った、といった。この子となら仲良くなれるかもしれないと、勝手に思ったりもした。

典子はホールの中央で立ち止まった。

たった数時間の間に、色々なことがあった。何人もの人が目の前で死んでいった。そして今も、彼は――。

典子は友香を背負ったまま、可能な限り上を向いた。

静かだった。

館内は、異様なほど静まり返っていた。

ふいに、鈍くこもった機械音が聞こえた。

エレベーターが動いていた。

階数表示が「3」から「2」、そして「1」に変わる。

カゴが止まる気配。一度ドアが揺れ、開き始める。

「はッ」

思わず力が抜け、友香が背中からすべり落ちそうになった。反射的に袖を摑んだので頭から落ちることはなかったが、典子はそのまま彼女を床に転がした。

「野本先生ッ」

典子が呼ぶと同時、彼はエレベーターの中で膝をついた。

上半身が傾き、両手を床につく。

閉まり始めたドアが、彼の脇腹を両側から叩く。

衝撃で、内臓が腕の間にこぼれる。

典子は、両手で自分の頭を摑んで叫んだ。

血が出るほど吠えた。だが、何も聞こえなかった。

彼は突っ伏し、顔面をしたたか床に打ちつけた。

力が抜け、典子もその場に膝をついた。

朦朧《もうろう》と、彼がこっちを見上げる。

典子の姿を認めたかどうか、それは分からない。

這ってくる。典子に向かって這ってくる。

こぼれ出た内臓を引きずりながら、体液を漏らしながら、野本和明が、ホールに這い出てくる。

再びエレベーターのドアが閉まる。

足首と残りの内臓がはさまれる。

でも動じない。そのまま典子に向かって進んでくる。

「……せんせい」

ようやく、体に力が伝った。

野本のそばに急ごうとし、だが何か聞こえ、ふと見上げた。

黒い影が、吹き抜けの上空に浮かんでいた。

いや、飛び出したのだ。三階から、黒い影は飛び降りたのだ。

一直線、黒い影は野本めがけて落ちてくる。

「……い、いや、やめて」

ゴツン、と黒い影が、野本の頭を踏み潰した。

髪の毛のついた頭蓋が砕ける。

粘っこい液体が赤い糸を引いて四散する。

壊れた人形。四肢がバタバタと跳ねる。

「い、い、いや……」

典子はわけも分からずかぶりを振り、黒い影を凝視した。

そう、黒い影。ナガタノブユキ。

典子はその姿を、初めて目の当たりにした。

巨大な、ゴキブリ——。

彼はまさに「人間大のゴキブリ」と呼ぶに相応《ふさわ》しい姿をしていた。

手は二本、足も二本。もちろん触角なんてないし、胴体も、胸と腹と腰をちゃんと見分けられる。だがそれでも、その姿はゴキブリにしか見えない。

背筋が異常発達でもしたのか、体の幅がやけに広い。

着地と同時、彼は両手をついて四つん這いになった。その姿が何よりゴキブリじみている。今にも「黒い羽」を広げて飛び立ちそうだ。

顔は、口が短いくちばし状のためか、ゴキブリよりむしろ亀に近い。両目も人間よりは左右に離れている。

「……ようやく、二人になれたね。典子」

いいながら、彼は立ち上がった。

声も平べったい。「二人」の「ふ」と「典子」の「こ」の響きが不明瞭なのは、唇が変形、変質しているからだろう。

「何か、喋ってよ。聞きたいよ、君の声……いいんだよ、思った通りいって。僕を見て、どう思うか。なんに似てるとか。思った通り、いっていいんだよ。僕は、決して怒らないから」

言葉は出なかった。口はおろか、体のあらゆる部分が脳からの命令を受けつけなかった。

「典子、どうしたの」

近づいてくる。

平べったく、床を這ってくる。

「……僕はこの姿、ゴキブリに似てると思うけどね。思うけど、けどもう、さほど嫌でもないんだ。うん。もう、受け入れたんだ、僕は。この『進化』をね。人類の進化を……そう、これは進化なんだ。分かるよね？　君なら。

だってそうでしょ。ひどいじゃない、この地球環境って。特に日本、特に東京。人間が住むところじゃないよ。いや、従来の人間が健康に過ごせる場所じゃない、っていった方が正しいかな。だから僕たちは進化したんだ。必然なんだよ、これは。

ねえ、典子。知ってる？　ゴキブリってさ、三億年も、ほとんど変わらない姿でこの地球上に生きてきたんだって。すごいよね。だって、猿人の登場が二百万年前、ホモ・サピエンスって呼ばれてる新人の登場が二万年前だよ。……ま、この辺は、ちょっと最近になって勉強したことなんだけどね。

たとえばさ、お金で考えたら分かりやすいよ。三億っていえば、普通のサラリーマンじゃ一生かかっても稼げない額だよ。じゃあ二百万は？　年収にしたってお粗末だし、二万円じゃひと月の小遣いにも足らないじゃない。

もう、分かるよね。僕たちは、地球に生きる上での大先輩、ゴキブリのスタイルを取り入れたんだよ。この姿が何より合理的なんだよ。万能なんだ、この地球で生きていくには。人間の遺伝子はこれから、ゴキブリのスタイルを取り入れて進化していくんだよ。その先駆者なんだ、僕たちは。

でもまあ、まだ完全じゃないかな。僕も、君も。子供の頃から、黒い皮膚病に悩まされてきたでしょ？　原因不明で、何やったって治んなかったでしょ？　虐められたり、恥ずかしい思いしたり、ひどい差別を受けたりしてきたでしょ。たくさん泣いたよね。つらかったよね。僕だって同じだよ。死にたいと思ったこと、何度も、何度も、何度も何度もあったよ。

でも、生きててよかった。違ったんだから。ただの病気じゃなかったんだから。僕たちは進化の先駆者だったんだから。先駆者ってのは、最初はたいてい疎《うと》まれるものさ。コペルニクスの地動説だって、最初は受け入れられなかった。おんなじなんだよ。僕たちを、気持ち悪いとか、汚いとか、化け物とかいってた連中が、ほんとは遅れてただけなんだ。進化に乗り遅れた、劣等種だったんだよ。本当は、僕たちが優等種だったんだ。

あんな連中はね、駆逐してやればいいのさ。見たでしょ。強いでしょ、僕。誰にも負けなかったでしょ。君ももうすぐだよ。早くこの体になって、今までのコンプレックスなんて忘れちゃうといいよ。今まで馬鹿にした奴らを、みんな殺しちゃえばいいよ」

ナガタの体臭か。周囲がやけに脂クサい。

「……実はね、君にこんなことというと、ちょっと嫌がられるかもしれないけど、でも正直にいっとくね。最初にいっといた方が、お互い、誤解し合わなくて済むから……僕にはね、好きな人がいたんだ。広川亜紀子っていってね、僕と同じ優等種だった。すっごく綺麗な人だったんだから。ちょっと僕より進化は遅れてたけど、でもこの人なら間違いないって思った。結婚しようって思ってた。けど、急にいなくなっちゃったんだ。悲しかったな。ひどいよね、僕になんの相談もなく、勝手に退院しちゃうなんて。外は、馬鹿な劣等種がうじゃうじゃしてるだけなのに。

でも、君たちがくるって分かって、しかもかなりの高い確率で優等種だってのが分かって……あ、ごめんね。入院審査のために送られてきた資料、勝手に見ちゃったんだ。でもそのお陰でこうやって準備することができた。邪魔しそうな連中は、あらかじめやっつけといた。だから、いいよね、それくらい。その友香って子、その子も間違いなく優等種だね。背中を見せてもらって確信したよ。僕が保証するよ。その子は優等種。そして典子、君もだよ」

ナガタが身を屈めて覗き込む。関節や体のあちこちが軋むのが聞こえる。息が顔にかかる。腐った脂の臭い。

「……何さ。もっと喜んでよ。僕たちでさ、この進化を、もっと確かなものにしようよ。僕たちはまだ不完全で、人間から変異する形での進化になっちゃうけど、僕たちの子供はさ、もう生まれたときから、きっとこの体をしてると思うんだよ。生まれつきの優等種、最初から新人類、完全なる進化形態のはずなんだよ。

僕ね、思うんだ。人間には様々な病気がある。それって、実はすべて、進化に向かってるんじゃないかって。ガンなんてまさにそう。遺伝子の病気っていわれてるみたいだけど、ガン細胞ってさ、死なないんだってね。……詳しくは知らないけど、でもそれってさ、人類が永いこと追い求めてきた『不老不死』を、細胞が実現しようとしてるってことなんじゃないのかな。その試みの過程が今のガンで、現状では病気としか認識されてないけど、そこを克服したら、いずれは不老不死の肉体が完成するるんじゃないかな……あ、ごめんごめん。ガンは、僕たちには関係なかったね。僕たちは、もうこの進化を選択しちゃったんだもんね。こっちで、僕たちはがんばろう。この進化を、人類のグローバルスタンダードにしていこうよ」

自分でも恐ろしいことに、典子はナガタの言い分を、おおむね受け入れ始めていた。ナガタが「僕たち」と連呼する、それに対する不快も徐々に感じなくなっている。

進化。これが人類の進化なのか。新しい人間の姿なのか。ナガタのような「ゴキブリ人間」が、これからの人類の姿なのか。それが事実なら、もう自分はこの病気を怖れなくていいのか。この体を蔑《さげす》まなくていいのか。痒みに任せて掻き毟り、黒い瑕を全身に広げ、新しい姿になってしまってていいのか。

傍らに眠る友香。この少女も同じ運命にあるという。これからはどんどん、こういう子供たちが増えてくるのか。やがて人は変異を終えた状態で生まれ、当たり前のようにその姿で生きていく時代がくるのか。

しかし、受け入れ難い部分もある。

優等種だから、劣等種だからと、それは新たな差別の形にすぎない。あれほど苦しんだ蔑視の目。それを逆に、周りに返すことはしたくない。個の力で優《まさ》ったのだから、好きに仕返ししていいとはならない。

怖れもある。

変異が決定的になり、現在の社会が自分を受け入れないと判明したとき、今あるこの常識、道徳を自分は守ることができるだろうか。自分もナガタのように、愛してくれた人だろうと厭わず、傷つけるようになってしまうのだろうか——。

と、そのときだ。

背にしていた出入り口が急に開いた。

雪まじりの冷たい風。吠える大気。そして覗いた、黒い闇。そこに、誰か立っている。

「……亜紀子」

ナガタが呟いた。

思わず彼を見て、また出入り口に向き直った。

茶色のフード付きコート。幅の広い体——。

それは、会社に長期休暇を申請した日の夜、誰かにつけられているように感じ、振り返ったときに目撃した、あのストーカーじみた人影だった。

うそ――。

「もうやめて、ナガタさん」

亜紀子は扉を閉め、すぐそこでコートを脱いだ。中に着ているのは男物か、丈も袖も長いブルーのセーター。その、幅だけがちょうどいい。

黒い肌は、頬の辺りまで上がってきていた。二週間前の映像より、病状がまた少し進んでいる。

「亜紀子、戻ってきてくれたんだね」

「……そうよ、戻ってきたの。だから、この子たちは許してあげて。この子、私の妹なの」

亜紀子がこっちを見る。十五年前と変わらぬ、気丈で、それでいて優しさを含んだ眼差し。強く、頼り甲斐のある姉。

「お姉ちゃん」

亜紀子がそばにきてしゃがむ。

「大丈夫？　怪我は」

典子はかぶりを振った。

「私は、平気。でも、この子と、先生が……それに、中にはたくさん、ここの人たちが

「……」

　亜紀子は深く頷いた。

「分かってる。ここがどうなってしまったのかは、大体、察しがついてるから」

　野本の亡骸から、ナガタに目を移す。

「ナガタさん。いくらなんでも、こんなことして、ただで済むと思ってるの」

　ナガタの亀顔が歪む。笑ったのかもしれない。

「なんだよ亜紀子。しらけることいわないでよ。いいんだよこいつらは。所詮は劣等種なんだから。もういいんだって。用済みの人類なんだってば。これからは僕たちの……」

　亜紀子が遮る。

「それでまた、僕たちの子供の話？　ねえ、分かってていってるんなら、それって最低のセクハラよ。変異しようが進化しようが、人権はあるし選ぶ権利だってあるの。罪だって罰だってあるのよ」

　今度は声を出し、彼は笑った。

「罰って何さ。どうやって僕を罰しようっていうのさ。絞首刑？　あんなの、なんか全然平気って気がするけど。それとも僕を殺すために法律を変える？　この、僕一人を殺すために。ナンセンス。ナンセンスだよ、それは」

亜紀子は溜め息をつき、床に視線を落した。

「……ここを、出るんじゃなかった。こいつが、こんなことするって分かってたら、出ていったりしなかったのに。私がここに残ってさえいれば、こんなことはさせなかった」

亜紀子が典子の目を覗き込む。

「のんちゃん。あなたは逃げなさい。この子を連れて逃げなさい。車、運転できる？」

典子は頷いてみせた。

「よかった。表に私が乗ってきたのがあるから、それ使って」

「でも、道が……」

「大丈夫。反対の林道が三キロ先で別の道に通じてるわ」

「お姉ちゃんは」

亜紀子は小さくかぶりを振った。

「ちょっと、勝手に決めないでよ」

ナガタが割り込んできた。

「この子たちはここに残るの。僕の花嫁たちが、どうして逃げなきゃならないのさ。これからじゃないか」

「だから、やめてっていってるでしょ」

亜紀子は立ち上がり、オーバーサイズのセーターを脱いだ。ブラウスの背中が不自然に張り詰めている。

「……あなたの相手なら、私がするわ。いいでしょ、私が一人いれば。だから、この子たちは見逃してあげて。花嫁って……よくいうわね。犠牲者でしょ。犠牲は、私一人で充分よ。いいわよ。そんなに欲しいなら、あなたの子供、何人でも私が産んで、くれてやるわよ。だからこの子たちは見逃してあげて。東京に帰らせてあげて」

また、ナガタは笑った。

「ふうん。ずいぶん物分かりがよくなったじゃない……そう。うん、いいよ。もともと、僕は亜紀子に決めてたんだから。君とだったら間違いないって思ってたんだから。でも……そうか、妹だったんだ。旧人類的にも、美人姉妹って感じでいいけどね。僕は二人いっぺんでも一向にかまわないんだけど、ま、亜紀子が嫌だっていうなら、うん、いいよ。僕は、君一人を愛すると誓うよ」

亜紀子は短く息を吐き、肩越しに振り返った。

「早くいきなさい」

だが、すぐには体が動かない。

「典子ッ」

「……は、はい」

あの夜と同じ。亜紀子に背中を押されたような気がした。

友香を抱き起こし、肩を担いで立たせる。もう一度声を掛けたかったが、堪えて亜紀子に背を向けた。

友香を引きずり、出入り口に向かう。

重いはずの歩が、何かふわふわと浮《うわ》ついた。

ドアレバーを引く。途端、さっきと同じ雪交じりの風が押し寄せてくる。聴覚が轟音に麻痺する。抗《あらが》って進むのは難しいはずなのに、何か熱にでも浮かされたように、典子はふらふらと外に踏み出した。

今一度、振り返る。

亜紀子がこっちを見ている。背後にナガタが立っていた。愛しげに両手を回し、後ろから亜紀子を抱きしめる。

亜紀子は無表情だった。でも目は、怒っているように見えた。早くいけと、また怒鳴られる気がした。

辺りを見回す。

吹雪で視界が悪い。

タッちゃんの軽トラックすら見えない。

目を凝らす。五、六メートル先、何かの明かりがある。車のスモールランプか。近づいてみると、やや旧式の白いセダンだった。エンジンは掛けっぱなしになっている。

助手席に回り、友香を押し込む。見ると、もうセンター出入り口のドアは閉まっていた。

急に胸が苦しくなり、典子は轟音から逃れるように運転席にもぐり込んだ。

お姉ちゃん——。

一度ならず二度までも、典子は亜紀子の犠牲によって生き延びることになる。いいのか。本当にこれでいいのか。

だが隣の友香を見ると、いかなければと思う。逃げなければと思い直す。そう、一刻も早く人里にたどり着いて、警察に連絡をとるのだ。警察がくれば、亜紀子だって助けられるかもしれない。急げば急ぐだけその可能性も高まる。そうだ、急ぐんだ。急いで山を下りるんだ。

典子はヘッドライトをオンにし、ハンドルを大きく右に切り、センターに後ろを向けた。アクセルを踏み込む。初めての車。慣れぬ雪道。だが恐れはなかった。恐怖などという感覚は、もうあのセンター内で使い果たした。

そのときだ。

突如、大地が膨らむような、大きな衝撃に突き上げられた。

続く爆音が鼓膜を圧する。

急ブレーキ。

後輪がスリップし、偶然にも車は、ぐるりとセンターの方を向いた。

建物前面を覆うガラスが、すべて吹き飛んでなくなっている。

一階のエントランスホールは炎に包まれている。

さらに何度も爆発が起こった。

そのたびに大地は揺れ、炎は勢いを増した。

お姉ちゃん――。

典子は車から降り、その場に膝をついた。

炎に照らされ、センター周辺は昼間より明るくなっていた。

赤く染まった雪の平原。背後にそびえる黒い山影。

黒煙を上げるセンターは、巨大な灯籠《とうろう》のようだった。

そうなってみて、ようやく典子は気づいた。

あの、プロパンガスのボンベを積んだ軽トラックが、どこにも見当たらない。この爆発はひょっとして、亜紀子が仕掛けたのか。亜紀子は初めから、ナガタと心中するつもりで、あの場に踏み込んできたのか——。

熱風で溶けた雪が膝に染みる。

顔や胸は火照り、背中は凍えた。

もうここから、一生動けないような気がした。

ただ、黒い瑕だけは、まるで生き残ったことを誇示するように、心拍とは異なる脈動を激しく刻んでいた。


どこから連絡がいったのか、一時間くらいあとには救急隊や消防隊が到着した。亜紀子の言葉通り、表の道を右の方から、林道を通ってきたようだった。

すぐに友香は救急車で運ばれ、怪我はないと申告した典子はあとから到着したパトカーに乗せられた。

「生存者、二名」

繰り返されるその報告を、典子はただ目を閉じて聞いていた。

2

典子は群馬県警長野原警察署に連れていかれた。

「つまり、あのセンターの入院患者や医師たちは、爆発事故の前に、すでに殺されていたということですか」

明けて一月二十三日日曜日。典子は事情聴取に応じ、センターで見たこと、知ったこと、起こったことについて、おおむね正直に話した。

ナガタノブユキという患者が乱心し、凶行に及んだこと。自分を含め四人が到着したときに生存者はいなかったこと。のちに唯一の生存者であるクラタカヨを救出するが、結局は彼女も殺されたこと。アベシュウイチ、野本和明も同様に殺されたこと。広川亜紀子が自動車で駆けつけ、自分と村井友香は脱出したこと。そして、広川亜紀子がプロパンガスのボンベを用い、ナガタと共にセンターを爆破して果てたのであろうこと。

疾患、変異、進化云々についての詳しくは伏せた。幸いにというべきか、ナガタと亜紀子の遺体は損傷がひどく、司法解剖による分析に耐える状態ではなかったという。粉々になった遺体の皮膚、その変質が生前のものなのか爆発によるものなのか、深くは追求されそうになかった。後日、焼け残ったコンピュータやDVDから何か情報を引き出すことができるなら、また話は別だが。

休み休み事情を話し、夕方には帰ってよしとなった。玄関に家族が迎えにきていると聞き、典子は驚いた。

刑事と共に一階に下りると、憲一と晴枝がベンチに座っていた。

「……典子ッ」

先に典子を見つけ、駆け寄ってきたのは晴枝だった。体当たりと同時に抱きしめられた。

「典子、よかった……あんたが、どうにかなっちゃったら、どうしようかと」

「……い、痛い」

「我慢おし。心配かけたんだから」

憲一も傍らに立ち、涙ぐんでいた。

「とにかく、無事でよかった。さあ、帰ろう。車できたんだ」

憲一は運転があまり得意ではない。それなのに東京からわざわざ、高速道路を使ってきてくれたのか。

「……すみません。遠いのに」

「ああ。でも、母さんが絶対に車じゃなきゃ駄目だっていうから。じゃなきゃタクシーでいくだなんていうから」

晴枝が典子の胸で「だって、私は免許ないもの」と呟く。この台詞は彼女の印籠のようなもので、だから誰か運転してちょうだいと、じゃなきゃタクシーよと、そこまでがワンセットだった。

だが、そんないつもの家族らしいやりとりも、今の典子にはひどく遠いものに聞こえた。昨日一日、いや、たった半日の内に起こった様々な出来事が、典子の心をあるべき日常から、遥か遠い彼岸《ひがん》へと連れ去っていた。

今、自分の人生がどうなってしまったのか。これから自分はどうやって生きていけばいいのか。


走り出してしばらくすると、晴枝がバッグから何やら取り出した。

「これ、あんたと入れ違うように届いたんだよ」

厚みのある白い封筒。宛名は「君島典子様」、裏返すと差出人住所等はなく、ただ「広川亜紀子」となっている。

典子はすぐに破ろうとしたが、横から晴枝が何か差し出す。カッターナイフ。わざわざ家から持ってきたのか。

「……ありがと」

封筒の長辺を切り、便箋を取り出す。二十枚以上ありそうな、長い長い手紙だった。男っぽく角張った、几帳面な文字が並んでいる。

前略　君島典子様

あれから一度も連絡しなかったことを、まずお詫びします。ごめんなさい。十五年もの間、電話一本かけず、葉書一枚書かなかった姉を、あなたはさぞ恨んでいることと思います。当時、私の面倒を見てくれた親戚にも、典子には何も言わないでくれと、私が頼んだのです。悪いのは私です。本当にごめんなさい。

当時、私は警察に、火事を起こしたのは自分だと証言しました。あの頃の家庭事情を明らかにしたくない、その一心で嘘をつき、あとは黙秘しました。警察は困っていました。それが辻褄の合わない偽証だと知っていても、子供である私を罰することはできなかったわけですから。

あなたに、当時の事情は全然分からなかったことでしょう。本当は一生、話さずに終えられたらその方がいいと思っていたのだけど、私のことなんて忘れてくれたらいいと思っていたのだけど、どうもこの疾患が、ただの皮膚病ではないようなので、そのことがどうも決定的になってきたので、典子に会いたいと、その前に事情を説明したいと、そう思って手紙を書いています。

率直にいうと、お父さんが、私たちと同じ症状でした。覚えてますか？ 廊下の先の開かずの間を。お父さんはあの部屋に、火事になる前の半年の間、ずっとこもって暮らしていました。典子には仕事が忙しいのだと説明していたと思います。それ以前は、実際に忙しかったわけだし。あなたがそれで納得していたかどうかは、分からないけれど。

お父さんは、一家心中を図ろうとしました。突然で驚くと思うけど、それが真実です。自分の疾患が私と典子に遺伝してしまったことで、お父さんは本当に苦しんでいました。そして自分の体が、どんどん人間ではないようになっていき、娘たちまでこんなふうになってしまうのなら、いっそつらい思いをする前にみんなで死のうと、それがお父さんの結論でした。

私はお父さんの姿を何度か見て知っていました。ショックだろうけど、正直に書きます。まるで、カブトムシのようでした。信じられないでしょうけど、事実です。話もしました。こんな姿で生きるのはつらいと、不自由になった口で漏らしては泣いていました。一緒に死のうと、直接言われました。私は治るようにがんばろうと励ましましたが、お父さんの心には届きませんでした。

お母さんは、私たちが学校に行っている間、寝ている間、一所懸命お父さんの世話をしていました。変わり果てた体を拭いてあげたり、不自由になった口に食べ物を運んであげたり。私はお父さんのことを大体は知っていたけれど、お母さんはそんな私の目からも遠ざけようとしたくらいだから、典子には全然分からなかったんじゃないかと思います。

火事の前の数日、お父さんはもう、普通ではなくなっていました。明らかに精神を病んでいました。何か起こる、大変なことになるという予感はありました。そして、あの火事です。

夜中、私はお母さんとお父さんが言い争っている声で目が覚めました。一階に下りていくとお母さんが、娘たちを道連れになんてできないと、泣いていました。このまま生きることの方がもっとつらいと、お父さんも泣いていました。やがて争う声が激しくなり、火の手が上がりました。あとは、典子も知っている通りです。お母さんは私たちを助け、自らお父さんと死ぬことを選んだのです。典子が軽傷で済んだ、それだけは本当によかったと思っています。

私はあの後、児童養護施設で暮らしました。養女の話も出るには出ましたが、何かそういう関わりを新たに持つのが怖くて、私は独りで生きる道を選びました。十八からは自立して、普通に働くようになりました。

そして去年の秋です。この疾患に遺伝子治療を施してみてはと医師に勧められました。もう二十年以上付き合ってきた病気ですが、遺伝子治療というものに新しい可能性を感じ、挑戦してみようと思いました。遺伝子について詳しいことは知りませんでしたが、症状もかなり悪化し、目立つようになっていたので、このチャンスに賭けたいと思いました。私は「遺伝子治療研究センター」への入院を決めました。

ですが、そこでも症状はなかなか改善されないばかりか、むしろ悪化していきました。さらに、遺伝子の解析をしていくうちに、妙な見解が出てきました。これは、病気ではないのではないかと。

普通、病気や疾患といわれるもので変化した部位は、有《あ》り体《てい》にいうと、役に立ちませんが、私の患部は、見てくれは悪いけれども、それなりに効率よく機能していたのだそうです。ある意味で、これは「進化」なのではないかと。

冗談ではないと私は怒りました。父が死ぬほど悩み、苦しみ、死を選んだ原因であるこの病気を、進化と定義するとは何事でしょう。私はこれが進化だなんて認めません。環境に適応しようとしているのだと言う人もいましたが、そんなことはどうでもいいのです。私は認めませんでした。許せなかった。

もっといえば、私は、私が受けた治療自体に疑念を抱いています。あれは、実際には治療をしようとしたのではなく、私を元の姿に戻そうとしたのではなく、むしろ彼らの言う「進化」について研究するために、わざと病状を促進、悪化させたのではないかとすら思っています。私以外にも病状が悪化した患者がいました。

医師団を信頼できなくなった私は、遺伝子治療研究センターを出ました。そしてあなたに会いに、東京に出てきました。現住所は知っていたので、君島家の近くであなたを待ちました。

典子。綺麗になったね。大人になったね。普通に暮らしているあなたを見て、涙が止まりませんでした。

でも、あなたも病院通いをしていると知り、愕然としました。今、あなたの疾患はどういう状態ですか？　あの頃より、だいぶ進んでしまいましたか？　それとも、何か良い治療法を見つけて快方に向かっていますか？

会ってお話がしたいです。ちゃんと謝って、それから私たちの将来について話し合いたいです。あなたは嫌かもしれないけれど、恥を忍んでお願いします。電話をください。そして私と会ってください。お願いします。

草々

亜紀子

北大塚センターシティホテル　五〇七号

＊＊＊＊——＊＊＊＊

便箋の束を閉じると、車はもう高速道路を走っていた。雪はどこにも見当たらない。

「何が、書いてあったの」

いつになく、晴枝が恐々《こわごわ》と訊いた。

上手く答えられず、そのうちに涙が溢れてきた。

亜紀子の顔が、十五年前と昨日と、交互に目に浮かぶ。

「典子……」

晴枝に名を呼ばれ、胸に張り詰めていたものが弾けた。

「……お姉ちゃん、もう、死んじゃったのに……」

すがりついた晴枝の膝は柔らかだった。

「死んだって……亜紀子さんが？」

典子は頷いた。それ以上は、言葉にならなかった。

この手紙を書いたとき、亜紀子はまだ典子のセンター入院を知らなかった。投函したのち、どういう経緯でかは分からないが、彼女はそれを知った。そしてすぐに追いかけてきた。

あの深夜の吹雪の中、センターに到着した亜紀子は、最初に一体何を見たのだろう。玄関から入ったとするなら、事務／医局か。あるいは非常口だとしたら、タッちゃんか。いずれにせよ、誰かの死体を見たのだろう。それで何が起こったのか、おおよそを察したのだろう。

タイミング的にはどうだっただろう。すぐ典子たちがエントランスホールに姿を現わしたのか。傷ついた野本がエレベーターから転げ出て、ナガタに踏み潰されるのを見たのだろうか。すると、トラックを移動させてボンベを仕掛けたのは、ナガタが喋っている間だったのだろうか。

経緯がどうであったにせよ、亜紀子は心中覚悟で、エントランスホールに姿を現わした。そしてナガタに「そんなに欲しいなら、何人でも私が産んで、くれてやる」と言い放った。そのときの亜紀子の気持ちを思うと、胸が抉られるように痛い。

亜紀子はこの手紙で連絡をとり、自分に会い、何を話したかったのだろう。何を謝り、どんな将来を語るつもりだったのだろう。

しかし、それを知ることはもう、永久にできない——。

父が変異しており、一家心中を図ったことも、さしてショックではなかった。それは、手紙で初めて知ったというよりは、典子自身が無意識のうちに記憶から消していた、あるいは思い出さないようにしていたようにも思える。手紙を読み終えた今、おぼろげにだが父の顔が思い浮かべられる。変異する前の、メガネをかけた、小太りの、気難しい顔。

だがそれも、今の典子にはなんの救いにもならない。

今は、何も考えられない。何も、考えたくない。

ただただ、亜紀子の頑なさが悲しい。

強い人だったのだと思う。

父の変異を目の当たりにし、母の死を見届け、自分のせいだと証言したという少女時代。施設で育ち、十八で自立し、二十六歳の若さで、妹をかばって終わった、短い人生。

悲しい。その強さが、どうしようもなく悲しい。

どうして十五年も連絡してこなかったのだ。あの火事に何かしら責任でも感じていたのか。どうして一人で生きようなどと考えたのか。君島姓になった自分の生活を壊したくないと思ったのか。そして、どうして死んでしまったのだ。なぜ、すべて一人でしょいこんでしまうのだ。どうして――。

典子は脳が捻《ねじ》れるような疑問にのたうち、泣きながら、いつのまにか眠ってしまった。

起こされたとき、車のエンジンはすでに停まっており、窓の外に見えたのは自宅ガレージのカーポートの柱だった。

ひどい渋滞に巻き込まれ、帰宅まで七時間以上かかったことなど、そのときの典子はまったく知らなかった。

3

典子は低い山に囲まれた、濃い緑色の平原を眺めていた。

梅雨。今日も空は重く曇っている。今にも降り出しそうだ。

ラウンジ兼食堂の隅、大きな液晶テレビには朝のニュース番組が流れている。片耳だけ傾けていると、スポーツのあとに天気予報が入る。雨は午後から。だったら早いうちに、野菜の発送を済ませてしまおうか。

「おはようございます」

厨房の勝手口で声がした。

「ああ、おはよう」

典子はひと口残っていた紅茶を飲み干し、窓際の席から厨房とを隔てるカウンターに向かった。

「降ってきそうだから、発送、俺も手伝いますよ」

津田雄司《つだゆうじ》。このペンションで、コックとして働いてもらっている。だが実際は畑仕事、大工仕事、なんでもこなす主要スタッフである。

「うん……でも、いいわ。降り出すのは午後だって、天気予報でいってたし」

「いや、あと三十分できますよ。ここじゃ天気予報なんて当てにならないって、いいかげん悟ってくださいよ、典子さん」

ここ。那須高原。

「分かってるわよ。ちゃんと、早く済ませようって考えてたんだから……だから、いいの。それに今日はふた組入ってるんだから、雄司さんはちゃんと、料理長をしてください」

彼は苦笑いしながら、

「ああ、両方ともカップルでしたっけ」

薄手のジャンパーを脱いだ。勝手口脇のハンガーに引っ掛けると、筋肉質な褐色の上腕がTシャツの袖から覗いた。

「んーん、ひと組は親子連れよ。お子さんが一人いるからそのようにって、ゆうべいったじゃない」

「あ、そうでしたね。はい、覚えてます」

「覚えてないじゃない。しっかり頼むわよ、チーフ」

そのとき、

「おはようございます」

「おっはよーッ」

友香と岳之《たけゆき》が入ってきた。

「おはよう、タケェ。ぷるぷるぷるぅ」

朝の挨拶。典子は岳之のほっぺたを両手で揺らした。くすぐったいのか嬉しいのか、岳之は首をすくめて笑う。

「典子さん。私も発送、一緒にいくよ」

友香が、去年から伸ばし始めた髪を後ろに括る。

「いいわよ。タケにご飯作ってあげなよ」

「でも……」

「僕、雄ちゃんのフエンチトーストがいい」

岳之はいつのまにか厨房に入り、雄司のエプロンを引っ張っておねだりだ。

「そっか。いいよ、じゃ、お兄ちゃんがフレンチトースト、作ってやるよ」

「いいの？　雄司さん」

友香も甘え声だ。

「ああ、いいですよ。俺、典子さんにフラレたばっかですから」

「また、そういうこという」

典子は使い終わったマグカップをカウンターに置いた。

「あれ、おばあちゃんは？」

岳之は晴枝をそう呼ぶ。

「まだなのよ。お寝坊さんね」

典子はカウンター越し、岳之に困った顔をしてみせた。

友香が「タケ、起こしといで」と命じる。

「うん」

岳之が廊下に跳び出る。全力疾走。玄関向かいの階段を勢いよく駆け上がっていくが、途中で鈍い音がした。

「あ、やった」

友香は顔をしかめ、すぐに岳之の泣き声がペンション中に響き渡った。宿泊客のいない日でよかった。

ややして、泣き止まない岳之を抱いて戻った友香の後ろには、髪をぼさぼさにしたままの晴枝が続いていた。

「……まったく、騒がしいったらありゃしない」

とはいいながらも、口元は笑っている。

「タケはお母さんを起こしにいったのよ」

「おやそうかい。じゃあ名誉の負傷だ」

晴枝が友香の肩口を覗くと、岳之はまた激しく泣き出した。

「奥さんもいかがですか、フレンチトースト」

「あんたに『奥さん』って呼ばれたかないよ」

「だってこの前、『お母さん』て呼んじゃ駄目だっていったじゃないですか」

「当たり前だろう。そういう筋合いじゃないんだから」

「じゃ、なんて呼んだらいいんですか」

「あんた、今までなんて呼んでたっけ」

「この前『晴枝さん』って呼んだら、返事してくれなかったじゃないですか」

「おや、そうだったかい？」

「照れ臭いからやめろっていわれましたけど」

「そうだったかねぇ……田舎暮らしでボケてきたかしら」

「だから、『おばさん』でも『おばあさん』でもいいのよ」

典子はいって、椅子に掛けてあったジャンパーと軍手、ベースボールキャップを手に取った。

晴枝がこっちを睨む。

「あんた、私によくそんなことがいえるね」

「どうして友香は『おばさん』っていってるのに、雄司さんにだけそんな意地悪いうのよ。……雄司さん、もうこの人のはいいから、タケに作ってあげて」

雄司が「はい」といって笑う。

「典子。お前、誰の味方なのよ」

「私は誰の味方でもありません。いってきます」

典子は結局、一人で出かけることにした。

雄司がいった通り、もう細かい雨が降り始めていた。典子はペンション裏手のガレージまで走った。

停まっているのは車が二台、雄司が乗ってくるバイクが一台。車は赤のマーチと黄緑の軽ワゴン。ワゴンの腹には「れりびぃ」とペンションのロゴが入っている。その荷台いっぱいに野菜を積む。昨日の内にダンボールに詰めておいたトマト、レタス、キュウリ、赤シソ。途中からは友香が手伝ってくれた。岳之は雄司のフレンチトーストで機嫌が直り、手が離れたらしい。

「ほんとに私、いかなくて平気？」

「平気平気。向こうは人手があるし、降ろすだけだもん」

典子は野菜や果物を無農薬、有機栽培で作る「那須　畑の会」に入会している。毎週火・木曜日に作物を納品し、そこから提携している宅配業者に発送、販売してもらっている。

「じゃ典子さん、悪いんだけど、帰りに薬局でワセリン、頼んでいいかな」

「あら、もうなくなっちゃったの？」

ワセリンはスキンケアの必需品。竹酢液、檜エキスと調合して軟膏を作るのだが、典子と友香と岳之、三人が毎日使うので消費が激しい。

「うん、分かった」

典子はハッチバックを閉めた。

「他は、何かない？」

友香は「あとは大丈夫」と答えた。

「そ。じゃ、いってきます」

「うん。いってらっしゃい」

車をガレージから出す。ルームミラーの友香はしばらく見送っていたが、やがて手を頭にかざし、小走りで玄関に回っていった。

典子は今年二十九歳になった。早いものだ。あれからもう、五年もの歳月が流れた。

事件の直後は何かを前向きに考えるなど、とてもできる状態ではなかった。当初の予想に反して、会社は早く復帰しろといってくれたが、典子自身がどうにもその気になれず、結局は二ヶ月後に辞表を提出した。引き継ぎも何もない、実にあっさりとした退職だった。

友香の妊娠を知ったのはその頃だ。

事件の翌々日、友香は長野原町の病院で意識を取り戻した。精神的ダメージからだろう、口が利けなくなっていた。典子と再会したのは東京の病院に転院してからだが、そのときも目は開けているが意識はないも同然だった。

もとより、典子も饒舌に何かを語れる精神状態ではなかった。友香の母親に挨拶をし、あとは黙って友香の隣に座っている、そんな見舞いがずっと続いていた。

典子は怖かった。何を考えているのか分からない友香。突発的に自殺でもしはしないかと、心配で堪らなかった。だが、無理に話し掛けることはしなかった。それが友香のためにならないことだけは承知していた。典子でさえ、事件について語るのはひどくつらかった。

そんなある日、

「あ、典子さん」

一階の面会者用受付で呼び止められた。友香の母親だった。

「……あ、こんにちは」

「ちょっと、お時間いいかしら」

家事手伝いの典子に、友香の見舞い以外の予定はない。

「あ、はい……なんでしょう」

彼女は典子を談話室にいざなった。

そこで初めて聞かされた。友香が妊娠していると。

事件以前に付き合っている男性がいる様子はなかったし、友香の友達に訊いてもそういう相手に心当たりはないという。本人はあの通りだ。センターで何か、そういうことがあったのではないか。何か心当たりはないだろうか。

もちろん、すぐにピンときた。ナガタだ。

カヨを連れて野本とエックス線室に戻ったとき、シュウイチはすでに殺されており、友香は下半身裸だった。実際、典子は瞬間的に強姦されたのではと案じた。ちらりとシュウイチを疑ったりもしたが、のちの様子からすると、ナガタに違いないと思われた。

だが、母親にはよく分からないと答えておいた。怪訝に思っただろうが、それ以上は彼女も深くは訊いてこなかった。

改めて病室を訪ねた。その数日、友香は少しずつ情緒を取り戻し始めていた。

「……典子さんの、お姉さんの話、母から、聞きました」

友香は唐突にいい、深く頭を下げた。

「そんな……私も、姉に助けられたんだから、そんなの、やめてよ。友香ちゃん」

「……でも」

友香は泣いた。何もいわず、ただひたすら典子の手を握って泣いた。母親は席を外していた。もしかしたら友香は、ずっと、こういう機会を待っていたのかもしれない。

「……犯人、ナガタって人、なんですってね」

厳しい顔つきで彼女はいう。

二ヶ月経って、友香が初めて事件について真正面から切り出した瞬間だった。

「ええ……」

ふた月の沈黙。その間、友香は一体何を考えていたのだろう。想像がつかなかった。迂闊なことはいえない。

「野本先生も、そのナガタに、殺されたんですね」

「うん、そう……」

「典子さん、その場に、いたんですか」

「うん。私の、目の前でだった」

「それで、お姉さんが、助けにきてくれた」

「そう。あの、軽トラックのガスボンベ、あれ使って、爆破したの。何もかも。だから、事件の真相は、何も明らかになってないの」

そしてまた、友香はひとしきり泣いた。

典子はただその肩を抱くしかなかった。友香は戦っている。内なる何かと戦っている。典子に分かるのはその程度だった。

やがて友香は漏らした。

「……怖かった……私、怖かった……あの男」

それで充分だった。友香はやはり、ナガタに乱暴されたのだ。

相手が普通の男であっても、女にとってこれほど恐ろしいことはない。肉体が生々しくその感触を記憶する一方で、精神は崩壊の一途をたどる。魂だけが壊死する生き地獄。典子にそれを実感することはもちろんできないが、同じ女だ、ある程度の想像はつく。しかも相手は、あのナガタだ。まだカメラの映像を見る前、典子たちが遭遇するよりも前、いきなり友香はナガタと相対し、襲われたのだ。

怖かった。それ以上でも以下でもないだろう。事件後のひと月、友香はまったく誰とも口を利かなかった。このひと月、母親と看護師、ときには典子と、多少の言葉は交わすようになっていた。それでも、事件については何も語らなかった。

たった一人で折り合いをつけようとしていたのだろう。

多くの人が死に、自分はその犯人に強姦され、その男の子供を身籠った。

友香の心に渦巻いた葛藤を思うと、胸が、熱のない蒼い炎に炙られるように痛んだ。

友香の吐露は続いた。

「……アベさん、私を、助けようとしてくれたんです」

シュウイチの死。その真相。それをこの世で知るのは友香と、自分、たった二人だ。また胸の中に爆ぜるものがあった。痛かった。

「私が気絶してる間のこと、話してもらえませんか」

典子は乞われるまま、友香に話して聞かせた。いいづらいこと、表現に苦しむことも多々あったが、友香は終始、真っ直ぐ典子の目を見つめて聞いていた。

野本の死に様に至ると、典子も友香も涙を堪えきれなくなった。それでも典子は続け、友香は耳を傾けた。

終わると、また二人の間に沈黙が横たわった。だが、その質は以前と違っていた。

野本の死。

シュウイチの死。

ナガタの死。

そして、亜紀子の死。

多くの人の死を越えて、自分たちはこれからどう生きるべきか。友香と典子の負った課題はあまりにも重かった。十六歳の少女と、ＯＬが一年も務まらなかった女。疾患、進化、遺伝——。

だから、驚いた。

「……そうですか。分かりました。私やっぱり、この子、産みます。典子さん、応援してくれますよね」

それが友香の選択だった。

同年十一月、村井岳之が生まれた。

ちょうど岳之が生まれた頃、君島家は波瀾に見舞われていた。

憲一が急に心臓を悪くして入院した。その約二ヶ月後、事件からほぼ一年後の一月二十六日、憲一は帰らぬ人となった。

典子は泣いた。一年前の事件が憲一の心臓に要《い》らぬ負担をかけたのは明らかだった。センター行きを反対した憲一。それを詫びても、もう彼は戻らない。

だが、そんなときでも晴枝は気丈だった。

もちろん、涙一つ流さなかったわけではないが、典子のようにわんわん泣いたり、取り乱すことはしなかった。晴枝は自分を気遣い、無理をしているのかと思った。が、落ち着いて話してみると、どうもそうではないようだった。

「私はね、あの人と、悔いのない夫婦生活を送ったよ。そりゃ、嬉しかないわよ。夫が死んだんだから、伴侶を失ったんだから、悲しいわよ。寂しいわよ。むしろ、これから先が、寂しいんだろうよ。でもね、なんていうんだろう、満足感も、あるんだよ、変な話。最期にあの人……あれでけっこう、洒落たことというのよ。ありがとう、お前でよかった、みたいなことをね……こっそり」

晴枝は実にいい顔で笑った。初めて見る晴枝の、満面の笑みだった。

「さあ、どうする典子、これから。この家のローンは教授時代に終わってるから、退職金はそっくり残ってるよ。それに立派な病死なんだから、保険金だって問題なく出るでしょう。貯金も合わせたら、けっこうな額になるはずだよ。さあ、どうする。私の理想はね、そうねえ……田舎で暮らして、ボケて死にたいね」

そして突如、晴枝はペンションをやろうと言い出した。

典子はあれよあれよという間に、物件探しに奔走する羽目になった。

資金は決して充分ではなかったし、上手くいく保証もノウハウもなかったので、とりあえず安くあげるために中古を当たった。ちょうど、老夫婦が体力的に厳しくなって手放した、という物件を那須に見つけた。なんと、若いコックさん付き。それが津田雄司。晴枝と現地にいき、物件を見て即日契約し、二週間後には全額を銀行に振り込んだ。

その頃にはアイデアもいくつか浮かんでいた。

一つは無農薬、有機農法による野菜の栽培。ペンション経営だけでは軌道に乗るまで大変だろうから、それを宅配販売する多角経営の形をとることにした。農地も近所に確保した。

次に、宿泊客に出す料理。自家製作物を使うのはもちろん、アレルギー体質の人でも安心して食べられる、アレルゲン除去メニューを用意する方針を打ち出した。これは料理人の腕に頼る部分が大きかったが、幸い雄司は乗り気になってくれた。

最後に、前オーナーの持つ顧客名簿の有効活用。スタッフ一新、名称も変わるが、お馴染みのあの場所に、あのペンションはありますよと、夏休み、冬休み前に挨拶状を出した。初めの二、三年は赤字を覚悟していたが、これが意外によい結果をもたらし、初年度はなんとか黒字で終えることができた。

またこの計画を話したとき、友香はすぐに「お願いします、私も連れてってください」と参加を表明した。両親の説得にやや時間を要したが、オープンにはなんとか間に合った。

晴枝は「ボケて死ぬ」宣言をしただけあり、口は出すがあまり手は出さなかった。「私にもやらせて」と畑をいじってみたり、建物の補修でペンキを塗ってみたりはするが、すぐに「疲れた。もうやめた」と自室に引っ込んでしまう。最近はもっぱら、岳之の遊び相手といったところか。

夏、冬、春の休みやゴールデンウィークは現地の高校生をアルバイトに使うが、その他のシーズンオフは典子、友香、雄司の三人で切り盛りする体制に落ち着いた。特に雄司の存在は大きかった。料理だけでなく、体力を使う仕事はすべて雄司任せ。実家から二十分かけてバイクで通うのは大変だから、一緒に住もうといっているのだが、

「いや、俺、家族じゃないし」

と、いまだ断られ続けている。

あれはオープンから一年経った頃だ。

典子はある夜、車に忘れ物を取りにいった。裏口からガレージに回ると、ラウンジから明かりが漏れている。てっきり帰ったと思っていた雄司が、もしかしたらまだ残っているのか。それともただの消し忘れか。

窓を覗くと、なんと、晴枝と友香が難しい顔で腕を組み、向かいの雄司に詰問していた。典子は慌てて首を引っ込めた。

「どうなんだい。はっきりおしよ」

晴枝の押し殺した、厳しい声が聞こえた。事情は分からない。まさか、雄司が売り上げをくすねたとか、そんなことはないと思うが。

「ねえ雄司さん。好きなんでしょ？　だったらウジウジしてないで、ビシッと決めてくださいよ」

好き？　何が。長い沈黙。雄司の反応はない。

「あんた、金あんのかい」

「……いえ、貯金とかは、全然」

雄司の泣きそうな声を聞いて、典子は思わず吹き出しそうになった。イタズラが見つかって叱られた岳之と大差ない。

「そんな大金の話をしてんじゃないんだよ。来週の典子の誕生日、プレゼントを買う金はあるのかって訊いてるんだよ」

典子の誕生日は六月三十日。どうして雄司がプレゼントを？　どうしてそれで晴枝が怒る？　友香まで、あんなに苛々した口調で。

典子はますます、その場を離れられなくなった。

「それくらいの金は、ありますけど。でも、なに買ったらいいか、俺、全然そういうの、分かんなくて……」

「なんだっていいんだよ」

「いや、なんでもいいわけじゃないですよ」

晴枝と友香の足並みは、決してそろってはいない様子。

「何が、いいんすかね」

「香水とかは駄目だよ。あの子、肌弱いんだから」

「アクセサリーとかは？」と友香。

「ここらの土産物屋のじゃねえ……」

「それっすよ。東京からきた女の人に、そんな、プレゼントなんて、俺、分かんないっすよ」

　雄司は地元生まれの地元育ち。高校卒業後に横浜のレストランに勤め、調理師免許もとったが、親戚である先代オーナーに呼び戻され、このペンションの厨房を任されるようになった。だから、これまでの二十数年のほとんどを、この那須高原で過ごしている。都会にある種のコンプレックスを持っているようで、それが時折、言葉の端々に出る。ちなみに年は典子の一つ下。

「別に、高価なものじゃなくていいんじゃない？　典子さん、そんなに贅沢とか好きじゃないし。気持ちさえこもってたら」

「そうだよ。あんた、大事なのはハートだよ」

　友香が吹き出す。

「……おばさん、ハートなんて、いうんだ」

「いうよ、ハートくらい。悪いかい」

「悪かないけど」

「あんたは笑わないの」

「ああ、すいません……でも俺、その、気持ちがこもってるとか、そういうのも、難しいっす」

「だから、なんでもいいってさっきからいってるじゃないか」

「駄目ですよ。女の子は、なんだっていいってわけにはいきません」

議論は堂々巡りだった。


その年、典子の誕生日は週末に掛かっており、どういうわけか泊まりのカップルが六組も入って忙しかった。

ラウンジは夜九時からバー・タイムになる。その日はノリのいい客が多く、スタッフも交えて飲んだり唄ったり、パーティさながらの楽しい一夜だった。

片付けと翌朝の用意が終わったのが夜中の二時頃。残っているのは典子と雄司の二人だった。

「あの、の、典子さん……す、すいません」

さっきまで先頭に立って騒いでいた雄司が、やけに神妙な態度で典子の真後ろに立つ。きたな、と思った。

友香が「わたし、お先」と、早々に上がったときからおかしいとは思っていた。覚悟はあった。

「うん、なに」

グラスを並べ終えて振り返ると、ガチガチに固まった雄司がリボンの付いた小さな箱を持って震えていた。

「お……遅く、なっちゃ……なって、しまいましたけど、おた……お誕生日、お、おめでとう、おめでとうございますッ」

まるで表彰状のように箱を差し出す。なまじ、それまでのいきさつを盗み聞きして知っているだけに、典子は可笑しくて堪らなかった。笑っては悪いので真面目に受け取ったが、いつ自分の顔が破裂するか分からない状態だった。

だが、

「好きです、付き合ってくださいッ」

箱ごと手を握られ、心臓が止まりそうになった。

「えっ」

意外にストレートな告白に気圧《けお》された。雄司は、言うときは言うタイプらしい。

「好きです、付き合ってください」

「ちょっと、雄司さん」

「好きです、付き合ってください」

「ああ、あ、あのね、雄司さん」

「好きです、典子さんッ」

抱き締められた。ちゃんと、右肩の瑕には触らないように、優しく。でも、とても強く。

逞しい胸、腕。仕事のあとで肌は脂ぎっていたし、ヒゲも半端に生えていた。Tシャツもなんだか汗ばんでいる。でも、そんな普段通りの雄司が、やけに愛しく思えた。

「……ありがとう」

そういって典子が胸を押すと、雄司は腕を解いた。

「典子さん」

「あの、でもね、ちょっと……うん。まず、ちょっと、話そうか」

とりあえず、テーブルに落ち着いた。

雄司は、典子と友香、岳之の疾患については見て知っていた。一緒に仕事をするのだから、それで迷惑を掛けることもあるだろうと、一番最初に、実際に三人の疾患を見せて説明したのだ。だがそれ以上は、疾患がどういう性質のものなのか、なぜそんな三人が一緒にペンションに住むようになったのか、教えていなかった。

典子は順序立てて、センター事件から話し始めた。

当然、雄司は驚いていた。特に、この疾患がいくところまでいくとどうなるか、その辺りがショックだったようだ。だが典子は隠さず、事実だからと繰り返した。

「……でも、不思議ね。こういう生活、やっぱり人間にはいいみたい。一年やってみて、そう感じる。瑕はね、治らない。特に、私と友香のは。でも、それでいいと思ってる。畑仕事したりすると、どうしても裂けて、血が出たりするんだけど、でも、我慢してやってたらね、だんだん平気になってきたの。前はね、裂けて切れると、そこから広がっちゃってたのね。症状が進んじゃってたの。でも、このところは、そうでもないのよ。開き直ったのがよかったのかもしれない。なんかね、瑕もここでの生活に馴染んできてるみたい。

楽観はしてないのよ。いつ私たちは、全身真っ黒になっちゃうか分からない。ちょっとよくなっても、油断はできない、そういう疾患なの。友香も、タケのもね。

友香はそれを承知で、タケを産んだの。そりゃね、望んで身籠った子供じゃない。父親のことを考えたら、最悪だと思う。でもね、私たちは、失われたたくさんの人の命の上に生きている。それがどういう事情で宿った命であっても、私たちは、それを殺すようなことはしちゃいけないって思ったの。

できる限りのことはする。普通の人のように生きられるように、最大の努力はする。でも、病気が進んだからって、死のうとしたり、子供を道連れにしようとするのはよそうね、って、それが、私と友香の約束なの。どんな体になっても、精一杯生きる。タケがどんな体をしていても、力一杯愛して、一所懸命育てていく。それが、私たちの選んだ道なの。

すんなりは、納得してもらえないかもしれないけど……私の父は、一家心中をしようとした。姉は、私と友香を助けて、自分はナガタを道連れにして死んだ。それもあってね、私は思ったの……私は、友香の選択を、支持しようって。変な言い方になるけど、私はナガタの考えも、姉の考えも、否定はしない。やったことはともかく、自分たちが優等種だって胸を張りたい、そういう考えも、ありだと思う。こんなにつらい思いをするくらいなら死んでしまいたいって、父や姉の考えも分かる。でも私には、友香とか、私を生んでくれた母の考えが、一番しっくりくるのね。

病気だからって、特別な目では見てほしくない。そのためには、普通に暮らせる努力だって必要だし、なんでもかんでも同じってわけにはいかないかもしれないけど、でも、人間なんてみんなそれぞれだから、私たちみたいなのがいてもいいんじゃないか、ありなんじゃないかって、そう考えるようにしたの。それが、私の選択。言葉にすると、どうってことないんだけど、普通に暮らそうっていうのが、私たちのたどり着いた結論なの。

そう。私には、そう思わせてくれる人たちが周りにいたのね。去年亡くなった父、いま上で鼾掻いて寝てる母、それと生みの母、事件で亡くなった担当医の先生。今は、友香やタケ。それにあなた。雄司さん」

典子はプレゼントを開けた。中身はキーホルダーだった。ちょうど典子のそれはくたびれており、以前、友香に「典子さん、それもうやめなよ」といわれ、だが「気に入ってるんだもん」と答えたことがあった。雄司はそれを覚えていたのだろう。まったく同じ、トラサルディのキーホルダーだった。

「ありがとう……」

典子は祈るように、キーホルダーを胸に抱いた。

「でも俺、典子さんがもし……」

典子はゆっくり、かぶりを振って遮った。

「今は、このままでいよう。私、雄司さんに、そういうことといってもらえるの、すっごく、嬉しいのよ。光栄です。ありがとう。私も、雄司さんのこと、好きです。けど、もう少し、時間をちょうだい。ペンションもまだ一年。ここでの生活が、私や友香やタケに、今後どういう影響を与えるか分からない。だから、私個人のことは、もう少し、あと回しにしたいの。……わがままだよね、せっかく好きだっていってもらってるのに。贅沢だよね……けど、そういうことなの。もうちょっと、もうちょっとだけ、時間をください」

雄司は小さく溜め息をついた。

「じゃあ、俺が典子さんのこと、好きでいるのは、いいですか」

典子は微笑んでみせた。きっと今、自分はいい顔をしている。この頃、典子は自分でそう思えるようになってきた。

「うん……なんか、照れるけど、嬉しいです。ありがとう。一緒にいてもらえるなら、私こそ、そうお願いしたいです。逆に雄司さん、ここ、辞めたりしないでね。もう少し、私がしっかりするまで、そばにいてください。必ず、お返事しますから」

その夜は、頬にキスをして別れた。今どき、中学生でももうちょっとなんかあるだろう、と思いはしたのだが。


以後は、あらゆる意味で小康状態が続き、今に至っている。

典子と友香の症状はこの五年、特に悪化はしていない。やはり、かつて野本がいったように、東京という環境そのものが人体に悪影響を与えていたのだろうか。こういう自然に囲まれた生活の方が、自分たちにはいいのだろうか。いいのだと、今は信じたい。

四歳になった岳之は両肩、肩甲骨の上に疾患の兆候があるものの、黒く硬くなるまでには至っていない。このままだったら、ちょっと痒い赤い肌、という感じで落ち着きそうだ。

雄司とは、まあ、そのままだ。強引に関係を迫る性格でもないから、待ってくださいといえば素直に待っていてくれる。若い盛りの男を、しかもこんな間近で待たせるなんて可哀相と、友香はことあるごとにいう。自分でもズルイな、と思うのだが、じゃあ結婚できるのか、といえばまだそこまでの勇気はない。煮え切らないうちに、三年も経ってしまった。

強いていえば、あの頃から晴枝と雄司の関係が変わった。晴枝が雄司に意地悪をする。何かというとからかう。

典子は実質的に経営者、いわば「女将《おかみ》」になってしまった。人間的にも、自然と強くならざるを得なかった。晴枝が以前のように「あんたねえ」といっても、典子は「何よ」と押し返すことが多くなった。その皺寄せが、雄司にいっているのかと思った。が、よく見ていると、一概にそうでもない。

晴枝が雄司に意地悪をいう。あんまり可哀相だから典子が雄司をかばう。すると、それならそれで、晴枝は満更でもない顔をする。けっこうあっさり引き下がったりする。そんなことが何回か続いて納得がいった。晴枝は、自分と雄司をくっつけようとしているのだ。そのための小芝居、そのための意地悪なのだ。子供なのかなんなのか、よく分からない人だと、典子は可笑しく思った。

そしてペンション「れりびぃ」はスタッフ一同、今日も心を込めてお客様をお迎えする。

「いらっしゃいませ」

なかなかできなかった営業スマイル。最近ではかなり板についてきた、と典子は、自分では思っている。

「いらっしゃいませ」

隣は友香。客あしらいは、実は彼女の方が上手かったりする。

「いらっしゃいませ」

その向こうには雄司。力持ちは荷物持ち。

「あ、お世話になります。平林で、予約したんですが」

「はい、伺っております。お疲れさまでした。さ、どうぞ、お上がりください」

今日の予約客ふた組のうち、先に到着したのは子供一人を含む三人連れの親子だった。食材にも色々細かい指定を受けている。が、こういう客こそ最初が肝心。気に入りさえすれば、リピーターになってくれる可能性が高いのだから。

「ではこちらに、お名前とご住所、ご連絡先をお願いできますでしょうか。……はい、恐れ入ります。平林様は、卵と魚介類抜きのメニューでお申し込みいただいておりますが、間違いございませんでしょうか。……はい、ありがとうございます。

こちらでお出しする料理は、化学調味料、合成着色料ほか、合成添加物を一切使用しておりませんし、大豆、蕎麦、白砂糖や動物性タンパク質も、お好みで除去することができます。こちらが本日、平林様にお出しする予定のメニューでございますが、四時頃まででしたら、まだ若干変更も可能ですので、ご確認の上、ご遠慮なくお申し付けください。

では、お部屋は北側、ということでお伺いしておりますが、よろしいでしょうか。……

はい、ありがとうございます。ではご案内いたします。じゃ村井さん、お願いします
友香と雄司が客の荷物を持って二階に上がっていく。雄司が子供に「明日はお天気になるよ」と笑いかける。

そう。典子たちは、それが犯罪者でない限り、どんなに厄介な客でも受け入れる。誠心誠意のサービスで、くつろぎと楽しいひとときを提供する。

もちろん、今みたいな親子連れも大歓迎だ。

ここ一年ほど、ちらほら見かけるようになってきた、東京近郊からお出でになる、「黒い羽」を持つお客様。

いらっしゃいませ。

ペンション「れりびぃ」へ、ようこそ。

この作品はフィクションであり、実在する
団体、個人とは一切、関係ありません。

光文社文庫

文庫書下ろし

黒《くろ》い羽《はね》

著者 誉《ほん》田《だ》哲《てつ》也《や》

2014年8月20日 初版1刷発行
2014年9月20日 4刷発行

発行者 鈴木広和
印刷 萩原印刷
製本 ナショナル製本

発行所 株式会社 光文社
〒112-8011 東京都文京区音羽1-16-6
電話 (03)5395-8149 編集部
8116 書籍販売部
8125 業務部

© Tetsuya Honda 2014

落丁本・乱丁本は業務部にご連絡くだされば、お取替えいたします。
ISBN978-4-334-76794-5 Printed in Japan

JCOPY ＜(社)出版者著作権管理機構 委託出版物＞

本書の無断複写複製(コピー)は著作権法上での例外を除き禁じられています。本書をコピーされる場合は、そのつど事前に、(社)出版者著作権管理機構(☎03-3513-6969、e-mail : info@jcopy.or.jp)の許諾を得てください。

組版 萩原印刷

お願い　光文社文庫をお読みになって、いかがでございましたか。「読後の感想」を編集部あてに、ぜひお送りください。

このほか光文社文庫では、どんな本をお読みになりましたか。これから、どういう本をご希望ですか。

どの本も、誤植がないようつとめていますが、もしお気づきの点がございましたら、お教えください。ご職業、ご年齢などもお書きそえいただければ幸いです。当社の規定により本来の目的以外に使用せず、大切に扱わせていただきます。

光文社文庫編集部

本書の電子化は私的使用に限り、著作権法上認められています。ただし代行業者等の第三者による電子データ化及び電子書籍化は、いかなる場合も認められておりません。

誉田哲也の本

好評発売中

テレビ番組のロケ中、霊能力者の透視通りに死体が発見された！　白熱のサスペンス！

春を嫌いになった理由《わけ》

フリーターの秋《あき》川《かわ》瑞《みず》希《き》は、テレビプロデューサーの叔母から、霊能力者・エステラの通訳兼世話役を押しつけられる。嫌々ながら向かったロケ現場。エステラの透視通り、廃ビルから男性のミイラ化した死体が発見された！　ヤラセ？　それとも……。さらに、生放送中のスタジオに殺人犯がやって来るとの透視が⁉　読み始めたら止まらない、迫真のホラー・ミステリー！

光文社文庫

誉田哲也の本

好評発売中

100万部突破！〈姫川玲子シリーズ〉第一弾。
警察小説の新たな地平を拓いたベストセラー！

ストロベリーナイト

溜め池近くの植え込みから、ビニールシートに包まれた男の惨殺死体が発見された！　警視庁捜査一課の警部補・姫川玲子《ひめかわれいこ》は、これが単独の殺人事件で終わらないことに気づく。捜査で浮上した謎の言葉「ストロベリーナイト」が意味するものは？　クセ者揃いの刑事たちとともに悪戦苦闘の末、辿り着いたのは、あまりにも衝撃的な事実だった。超人気シリーズの第一弾！

光文社文庫